아께다 후에

이제와 후에 6

글쓰는기계 장편소설

초판 1쇄 찍은 날 | 2017년 6월 23일
초판 1쇄 펴낸 날 | 2017년 6월 30일

지은이 | 글쓰는기계
펴낸이 | 예경원

기획 | 위시북스
편집책임 | 박우진
편집 | 이즈플러스

펴낸곳 | 예원북스
등록번호 | 제396-2012-000132호
등록일자 | 2012. 7. 25
KFN | 제1-120호

주소 | 경기도 고양시 일산동구 호수로 646-24 위너스21Ⅱ빌딩 206A호 (우)10401
전화 | 031-819-9431 팩스 | 031-817-9432
E-mail | yewonbooks@naver.com

ⓒ글쓰는기계, 2017

ISBN 979-11-6098-318-0 04810
      979-11-6098-087-5 (set)

WISHBOOKS MODERN FANTASY STORY

글쓰는기계 장편소설

이계의 후예

6

아게의 후예

CONTENTS

35장
하임켄(1)

무조건 패는 게 답은 아니었지만, 구중철의 경우는 달랐다. 그는 이미 초능력을 갖고 있었는데 자각을 못 하고 있었다.

계속 몰아붙여서 위기에 빠뜨리면 알아서 깨달을 것이다.

캉!

주먹이 부딪혔을 때 날 수 없는 소리가 울려 퍼졌다.

수현은 얼얼한 감각이 올라오는 손을 쳐다본 후 구중철에게 시선을 돌렸다. 그도 신기한지 눈을 깜박이고 있었다.

"어, 어?"

"봐, 재능이 있다고 했지?"

"……!"

"그러면 완전히 컨트롤할 수 있을 때까지 조금만 더 맞자."

"……."

구중철은 질린 표정을 지으며 무의식적으로 뒷걸음질 쳤다.

"그러면 부탁하겠습니다."

"네, 맡겨만 주십시오."

이소희는 깍듯하게 고개를 숙였다. 뒤에는 탈진해서 누워 있는 구중철이 보였다. 그걸 본 서강석이 신기하다는 듯이 물었다.

"새로 데리고 온 대원이죠? 어떤 사람입니까?"

"쓸 만한 초능력자. 물론 아직은 아니야. 조금 더 다듬어 야 해."

신나게 구중철을 굴려댄 수현은 이후 그를 이소희에게 맡 겼다.

군인으로서 훈련을 받은 다른 이들과 달리 구중철은 민간 인으로 살아온 사람이었다. 신체 능력만 있을 뿐 최소한의 훈련도 받지 않은 상태. 기초부터 가르쳐 줘야 했다.

그리고 그런 교육에 적합한 건 이소희였다.

"초능력자라니, 정부 쪽에서 지원받으신 겁니까?"

"아니, 내가 개인적으로 데리고 온 거다."

"……?!"

"왜, 무슨 문제라도 있나?"

"아무것도 아닙니다."

서강석은 목석같은 사내였다. 수현이 먼저 말하지 않는 건 굳이 묻지 않았다.

그러나 속으로 생각마저 하지 않을 수는 없었다.

'이 사람은 정말…… 초능력자를 구분할 수 있는 건가?'

예전부터 수현의 뒤를 따라다니던 소문.

엉클 조 컴퍼니의 팀장은 초능력을 개화시키는 비결을 갖고 있다. 혹은 각성하지 않은 초능력자를 알아볼 수 있는 비결을 갖고 있다.

당사자인 팀원들이야 별달리 생각하지 않고 넘어왔지만, 서강석처럼 수현이 외부에서 적극적으로 데리고 온 사람의 입장에서는 놀랄 수밖에 없었다.

"바쁘실 텐데 이렇게 직접 움직이시게 해서 죄송합니다."

"어차피 지금은 바로 밖에 못 나가니까."

마법사로 각성한 이후 수현에게 들어온 연락은 개발계획국 선에서 끝나지 않았다. 그 위의 행성관리부 쪽에서 직접 신변을 보호해 주겠다고 연락이 들어온 것이다. 물론 보호는 거절했지만, 정부의 입장을 생각해서 한동안은 평양에 머물러 줄 생각이었다.

'이럴 때 정비를 해둬야겠지.'

지금 둘은 서강석의 딸을 마중 나와 있었다.

오랫동안 병원 신세를 졌던 딸이 드디어 퇴원한다는 사실에 서강석은 들떠 있었다.

"기쁘면 기쁜 티 내도 되네."

수현은 서강석이 어깨를 살짝 들썩거리는 걸 보며 말했다.

서강석은 속마음을 들켰다는 것에 부끄러워하며 대답했다.

"아, 아닙니다."

"아빠!"

"예나야!"

아니라고 한 지 1초도 되지 않아 서강석의 얼굴이 풀어졌다. 멀리서 어린 소녀가 나타나 그를 부른 것이다.

서강석과 전혀 닮지 않았지만 그의 딸이라는 것은 알 수 있었다. 오랜 투병 생활 때문인지 소녀는 가냘플 정도로 말라 보였다.

'역시 독기가 살짝······.'

완전히 나았다고는 했지만 전신에서 미약한 독 기운이 느껴졌다. 수현은 조용히 독공을 열고 독을 빼냈다.

"이분이 내가 말한 그분이란다."

"감사합니다."

"뭐야, 무슨 쓸데없는 소리를 한 거야?"

"도움받은 것만 말했습니다만."

"그냥 자기가 벌어서 했다고 할 것이지, 뭘 쓸데없이……. 타기나 해."

수현이 차에 타라며 손짓했다. 서강석이 조수석에 앉고, 서예나는 수현의 옆에 앉았다. 서예나는 방실방실 웃으면서 주변을 둘러보았다.

"많이 신기해?"

"네, 조금요. 아빠가 많이 말해주셨지만 직접 보는 건 또 다르니까……. 아 참, 용병이라고 하셨죠?"

"그래."

"그러면 몬스터하고 싸워보신 적도 있으신가요?"

수현은 서강석에게 시선을 돌렸다. 그는 서강석에게 눈빛으로 자리를 바꾸자는 신호를 보냈다. 그러나 서강석은 창밖으로 시선을 돌렸다.

'이 인간이…….'

어린애를 상대하는 건 성격에 맞지 않았지만, 또 이런 애를 상대로 매몰차게 무시할 수는 없었다. 수현은 결국 목적

지에 도착할 때까지 성실하게 서예나의 질문에 대답해야
했다.

"둘이 사이가 좋네?"

"아뇨, 일 때문에 찾아온 겁니다."

"……."

이선화의 질문을 듣자마자 즉시 부정하는 수현을 최지은
은 복잡 미묘한 표정으로 바라보았다. 그녀가 지나가자 수현
은 다시 물었다.

"그래서, 어떻게 생각해?"

"어떻게 이런 케이스만 찾아오는지 신기하네."

"이번 일에 대한 감상 말고, 저 애 상태가 어떠냐고."

"몸 상태는 내가 딱히 더 말해줄 수 있는 게 없어. 대형 병
원에서 그렇게 비용을 들여 정밀검사를 했으면 여기서 더 한
다고 딱히 달라지는 게 없거든. 그런 표정 짓지 말래?"

수현이 노골적으로 실망한 표정을 짓자 최지은은 한숨을
쉬며 말을 이었다.

"다만 몇 가지…… 확인을 해볼 건 있지."

"역시, 믿고 있었어."

최지은은 얼굴을 붉히며 고개를 돌렸다.

"그래서, 무슨 확인이지?"

"몬스터에게서 나온 원시 아티팩트 자체도 드문 경우지만, 그게 사람과 융합했다는 건 아예 처음 듣는 이야기야. 일반적인 아티팩트도 그런 적은 없거든."

최지은은 서예나의 손을 잡고 안쪽으로 걸어가면서 설명을 시작했다.

"아티팩트와 초능력자는 꽤나 공통점이 많아. 그래서 초능력자 테스트를 해보려고."

"그런 테스트가 있었나?"

"새로 만든 거야. 그리고 너도 관련이 있어."

"……?"

"초능력 상쇄 장치를 분석한 연구 결과를 응용해서 만든 거거든. 초능력자가 기본적으로 발산하는 파장을 분석해서 초능력자인지 아닌지 탐색하는 건데……."

"……결론적으로 말하면 초능력자인지 아닌지 파악할 수 있다 이거지?"

최지은한테 설명을 맡겨두면 한동안 전문적인 용어의 연설을 들어야 한다는 걸 수현은 잘 알고 있었다.

"응, 비슷해. 여기 올라서 볼래?"

'초능력 상쇄 장치를 일찍 확보한 게 이렇게 영향을 끼치나?'

초능력 상쇄 장치와 탐색 장치 둘 다 쓸모 있는 장비였다. 그러나 이런 식의 물건이 나오리라고는 상상도 하지 못했었다.

"이렇게요?"

"응, 숨 들이쉬고……. 내려오렴. 그래."

서예나가 폴짝 뛰어서 내려오자 최지은은 고개를 끄덕였다.

"어때?"

"초능력자가 내뿜는 파장이랑 똑같아."

"그렇다는 건……."

"초능력을 쓸 수 있을지는 몰라도 거의 초능력자나 마찬가지라고 봐도 돼. 다만 선천적으로 초능력을 갖고 태어난 게 아니라, 외부에서 들어온 아티팩트라 융합된 케이스라서……. 아직은 잘 모르겠어. 나머지는 어머니한테 부탁하려고. 어머니라면 조금 더 잘 아실 거야."

"부탁드리겠습니다!"

서강석은 큰소리로 외치며 고개를 숙였다. 그걸 본 최지은이 당황한 표정을 지으며 뒤로 물러섰다.

"겁먹잖아. 그만해."

"죄, 죄송합니다."

"걱정하지 않으셔도 괜찮습니다. 어머니라면 분명 건강에

해가 가지 않을 방법을 찾아주실 테니까요."

"그렇다니까 그만 걱정하라고."

"감사합니다……."

밖으로 나오면서 서강석은 몇 번이고 뒤를 돌아보았다.

"그렇게 걱정되면 한동안은 이 연구소에서 머무르지 그러나? 다음 일에서는 빼줄 테니까."

"아닙니다. 그럴 수는 없죠."

서강석은 의외로 완고했다.

"은혜를 받았으면 일을 해야죠. 더 이상 폐를 끼칠 수는 없습니다."

"난 가족이 아픈데 억지로 일하라고 할 정도로 가혹한 사람은 아닌데."

"그렇게 한 번씩 빠지면 아예 참가하지 못할 겁니다. 예나도 이해해 주겠죠."

"흠, 나는 잘 모르겠군."

"팀장님은 좋아하는 사람 없으십니까?"

"글쎄. 하도 벌려놓은 게 많아서. 끝나면 생각해 보지."

"의외로 주변에 있을지도 모릅니다. 저도 그렇게 만났었거든요."

"됐네요, 이 사람아. 그보다…… 응?"

갑자기 연락이 왔다. 찰스 회장으로부터였다.

"무슨 일이십니까?"

―무슨 일이냐니. 우리가 무슨 일이 있어야 연락하는 사이였나?

"그러지 않았나요?"

―…….

'설마 벌써 다른 놈하고 붙은 건 아니겠지.'

"여보세요?"

―아, 잠시 다른 생각을 했네. 어쨌든 그렇게 생각했다니 조금 섭섭하군. 나는 그래도 우리가 꽤 많이 친해진 줄 알았는데.

"농담이었습니다. 저도 회장님 꽤나 좋아합니다."

그 뒤에 '뭔가 줄 때 말이죠'는 굳이 붙이지 않았다.

서로가 서로의 의도를 알고서 의례적인 말들을 교환했다.

찰스는 기회를 노리다가 재빨리 목적을 말했다.

―그래서 말인데, 저번에 가져다준 물건 있잖나. 몬스터를 불러 모은다는…….

"혹시 분석이 끝났습니까?"

―자네한테는 분석보다 당장 쓸 수 있는 물건이 더 중요하잖나.

'지금은 아닌데.'

분석이 끝났으면 그걸 최지은한테 가져다줄 생각이었다.

그녀는 분명 신나서 받을 테니까.

"아, 네. 그렇죠."

―분석은 아직 다 못 끝냈지만 바로 쓸 수 있도록 시제품을 몇 개 만들어 봤네. 그대로 구조를 복제했으니 쓰는 데에는 무리가 없을 거야.

"혹시 테스트도 해보셨습니까?"

―물론이지.

찰스는 씩 웃으면서 말했다.

―몬스터들이 좋아서 날뛰더군. 성능은 확실해.

"아주 좋네요."

찰스는 기대하는 마음을 감추며 기다렸다.

그가 이 말을 꺼낸 이유는 하나였다. 수현이 직접 그가 있는 도시, 리틀 워싱턴에 와주기를 기대해서였다.

인류 최초의 마법사를 실제로 보는 것도 보는 것이지만 직접 얼굴을 마주하고 수현의 본심을 탐색하려는 의도도 있었다.

―그래서, 언제 가져가겠나?

"택배로 보내주시죠."

―…….

순간 찰스는 뒤로 넘어질 뻔했다. 수현과 대화를 하면 언제나 놀랐다. 긍정적으로든, 부정적으로든.

─농담이겠지?

"반은 농담이었습니다만……."

─반은 진담이었나? 아니, 이런 건 직접 줘야지! 어떻게 이걸 그냥 보내나?

"저도 상황이 상황이라서요."

수현은 지금 그가 평양 밖으로 나서기는 조금 애매한 상황이라는 것을 설명했다. 그걸 들은 찰스는 매우 분개하며 외쳤다.

─아니, 민주주의 국가에서 사람을 움직이지 못하게 막아서야 쓰나! 원한다면 내가 당장에라도 항의해 주겠네.

"정확히는 움직이지 못하게 막는 게 아니라 잠시 상황이 가라앉을 때까지 기다려 달라는 거지만, 항의는 괜찮습니다."

찰스는 노골적으로 혀를 찼다. 항의해 달라고 했다면 아예 대놓고 판을 벌렸을 텐데.

"그러니 택배는 아니더라도 믿을 만한 사람을 시켜서 가져다주시죠."

찰스는 수현의 태도에서 어지간해서는 움직이지 않을 낌새를 느꼈다. 그 순간 무언가가 그의 머릿속을 번개처럼 스치고 지나갔다.

─믿을 만한 사람이라……. 그래, 알겠네.

'뭐지?'

－믿을 만한 사람을 시켜서 보내지. 하하!

수현은 살짝 불안해지는 것을 느꼈다. 분명 그의 의도대로 대화를 끝냈지만 무언가 찜찜함이 남은 것이다.

'이 인간이 이렇게 쉽게 물러설 인간이 아닌데?'

그가 마법사라는 소식이 퍼졌을 때부터 기존의 관계가 달라질 것이라는 건 알고 있었다. 특히 찰스 회장 같은 경우에는 더욱. 수현이 인재를 탐내는 것만큼 그도 인재를 탐냈다.

"잠깐만요, 누구를……."

뚝－

"이 양반이……."

"누굽니까?"

"찰스 카를로스. 아나?"

"……모르는 게 이상한 사람 아닙니까?"

"김창식은 모르던데?"

"대재벌도 모르는 사람은 있을 수 있으니까요."

서강석은 시선을 돌리며 대답했다.

"그런데 아까 전화 오기 전에 하려던 소리는 뭐였습니까?"

"아, 그거."

수현은 턱을 긁적이며 말했다.

"이선화 박사님이 실력이 없는 사람은 아니고, 아마 어떻게든 예나의 건강에 무리가 가지 않게 잘 처리를 해주실 텐데, 그다음은 어떻게 할 거냐고 물어보려고 했지."

"그다음이라뇨?"

"딸이 거의 초능력자나 다름없잖아."

"아……."

카메론에서 초능력자는 특별할 수밖에 없는 운명이었다. 지구에서보다 더욱. 조금만 위험을 무릅쓰면 몇십 배나 되는 보상을 쥘 수 있는데 가만히 있는 사람은 드물었다.

"그 애가 원하는 걸 할 수 있도록 해줄 겁니다. 초능력자라고 해서 위험한 일을 시킬 생각은 없어요."

"우문현답이군. 그게 나을지도 모르겠어."

"그러려면 제가 더 열심히 일해야겠습니다."

"좋은 자세로군. 그런데……."

"예?"

"아무것도 아냐."

수현은 낭중지추라는 말을 하려다가 말았다. 뛰어난 재능을 가진 사람은 가만히 있으려고 해도 결국 튀어나오게 되어 있었다. 서예나처럼 아티팩트와 융합된 희귀 케이스는 평범하게 살려고 해도 기본적으로 주변의 관심을 끌 수밖에 없었다.

'뭐, 평범하게 살고 싶다면 도와주면 되니까…….'

수현은 그렇게 생각하며 발걸음을 옮겼다.

이후 수현은 추가 연락이 오기 전까지의 시간을 알뜰하게 보냈다. 주로 구중철을 단련시키는 데에.

구중철은 날이 서 있지 않은 보검 같은 남자였다. 위에 녹까지 슬어 있어 어지간한 사람은 알아보기 힘들었지만, 수현은 그의 진가를 믿었다.

"그러면 우리는……."

"가기는 어디를 가나? 같이 뛰어."

다른 대원들은 구중철이 정신없이 구르는 동안 은근슬쩍 빠져나가려다 덜미를 잡혔다.

"요즘 일이 없다고 너무 게을러진 것 같아. 특히 김창식, 넌 초능력자면서 능력 개발에 집중 안 하나?"

"제 능력을 개발해서 뭐에 쓴다고……?"

"그거야 개발해야 알 수 있겠지. 개발도 안 해놓고 무슨 푸념이야? 능력 연비도 좋은 놈이 불평하지 마라!"

대원들을 가차 없이 굴리면서 수현은 생각에 잠겼다. 엉클조 컴퍼니의 미래를 봤을 때 이 중에서 초능력자 몇 명은 더 나올 것 같았는데, 시간이 꽤 지났음에도 반응이 없었다.

'내가 미래를 틀어버린 건 아니겠지.'

수현이 가장 걱정하고 있는 것 중 하나는 그의 등장 때문에 바뀐 미래였다. 전체적인 흐름은 크게 차이가 없었지만 엉클 조 컴퍼니 개개인의 삶은 엄청나게 바뀌었을 것이다.

초능력자의 각성 조건은 완전히 불규칙했고 수현이 틀어 버린 미래로 인해 각성 조건을 놓쳐 버렸다면 정말로 일이 곤란해진다.

결국 수현이 할 수 있는 건 믿고 기다리는 것뿐.

'이 멤버로 계속 움직이려면 두셋 정도는 더 나와줬으면 좋겠는데…….'

"발을 계속 움직여! 튼튼하다고 해서 계속 공격을 맞아도 되는 건 아니다. 피할 수 있는 건 피하고 막을 필요가 있는 것만 막아!"

수현은 구중철을 두들기며 외쳤다. 그의 초능력은 방어에 특화된 초능력이었지만 그렇다고 해서 회피를 안 할 수는 없었다. 몬스터나 초능력자 중에서는 그의 방어를 뚫을 놈들이 분명히 있을 테니까.

창과 방패의 싸움은 꼭 필요한 상황이 아니라면 굳이 할 이유가 없었다.

"팀장님, 연락이……."

"어디서?"

"개발계획국 측에서 온 연락입니다."

"가지고 와봐."

수현은 개발계획국 측에서 날아온 보고서를 보고 얼굴을 찌푸렸다.

그가 현재 개발계획국 측에 요청한 건 별거 없었다. 정부 주도로 진행되고 있는 팀 프로젝트에 대한 상황 정도?

물론 이것도 극비에 가까운 정보였고 예전의 수현이었다면 열람을 허락받지 못했겠지만, 예전 수현과 지금 수현은 그 위상이 달랐다. 예전에는 정부 소속의 팀 중 하나였다면 지금은 정부가 가진 몇 개 안 되는 패 중 가장 강력한 패가 되었다.

"치고 올라오는군. 역시 난놈은 난놈인데……."

수현이 관심을 보고 있는 건 두 가지였다. 하나는 군 내에서 진행되고 있는 특수부대의 창설, 다른 하나는 기존의 방식인 민간 용병 회사의 포섭.

그리고 현재 주원준은 후자의 방식으로 빠르게 치고 올라오고 있었다. 벌써 해결한 임무만 네 개. 드래곤 슬레이어 프로젝트로 인한 공백을 아주 잘 활용하고 있는 셈이었다.

'귀찮아지기 전에 쳐내야 하는데.'

과거에 적에 가까운 경쟁자였고, 수현이 당한 사고의 원인 중 하나였을 가능성이 있는 놈이었다. 놔둬봤자 좋을 게 없었다.

다행히 수현은 주원준이 갖고 있는 약점 하나를 잡은 상태였다. 그걸 제대로 써먹기 위해 모고크를 필두로 한 오크 팀을 보냈는데, 아직 돌아오지 않은 상태였다.

"뭐 봐?"

"별거 아니야. 그보다 무슨 일이지? 심심하면 너도 저기에 낄래?"

"절대로 싫거든. 오크들이 돌아왔어."

"……!"

"그리고 손님들도 왔고."

"누구?"

"블루베어 측 사람들이라는데?"

"모고크한테 고생했다고 전해줘. 잠시 쉬고 있으라고 해. 미안하지만 물건 먼저 받아야겠군."

이 시간대에 블루베어 측 사람들이 올 이유는 하나밖에 없었다. 찰스 회장이 보낸 물건.

"좁은 곳이군."

"여기가 좁은 곳이면 대부분이 좁은 곳일 겁니다."

믿을 만한 사람이 누군지는 바로 알 수 있었다. 찰스 본인이 직접 블루베어 대원들을 이끌고 온 것이다.

수현은 황당하다는 표정을 지었다. 그가 이렇게 직접 움직일 위치는 아니었다.

"직접 오실 줄은 몰랐는데요."

"내가 그만큼 자네를 좋아하는 거지."

"저도 회장님 많이 좋아합니다."

뒤에 서 있던 블루베어 2팀 대원들의 표정이 기묘하게 변했다.

'저게 뭐……?'

"가끔 이렇게 돌아다녀 주면 건강에도 좋으니까 말일세."

"그렇다니 부담을 덜었네요. 편하게 생각하겠습니다."

'이놈이?'

편하게 대하라고 말하면 정말로 편하게 대하는 게 수현이었다.

찰스는 혀를 차며 말했다.

"물건 꺼내봐라."

화이트먼이 조심스러운 태도로 밀봉된 금속 상자를 가지고 걸어왔다.

"이게 물건이 물건인지라 갖고 오면서도 기밀을 유지했네. 무슨 뜻인지 알지?"

"악용하기 좋은 물건이란 뜻이겠죠."

"그래, 요즘은 잠잠하지만 테러를 꼭 이종족 테러리스트들만 하는 건 아니니까. 나는 테러만 놓고 본다면 이종족보다 인간이 더 수상하네. 이종족들이 했다고 알려진 테러 중 사실 인간이 했을 게 몇 개나 되겠나."

찰스는 예리했다. 카메론 초창기 때부터 직접 두 눈으로 보고 살아온 사람은 과연 달랐다. 수현이 몸으로 굴러서 알아낸 것들을 그는 다른 방식으로 알고 있었다.

카메론은 기회가 넘치는 신천지였고, 동시에 감시가 지구보다 덜한 곳이었다. 테러를 일으켜도 도망치고 숨을 곳이 넘쳤다.

그리고 카메론에 진출한 국가들은 다들 적을 갖고 있었다. 중국이나 미국을 정면에서 상대할 국가는 많지 않아도 싫어하는 국가는 많았으니까.

그런 면에서 몬스터 유도 장치는 어찌 보면 폭탄보다 강력한 병기였다. 주변에 몬스터만 있으면 순식간에 테러를 일으킬 수 있는 것이다.

원래라면 이렇게 민간인들이 갖고 다닐 만한 물건이 아니었지만, 수현이나 찰스 회장이나 그런 걸 신경 쓰는 사람들은 아니었다.

"회장님은 그렇게 걱정하시는 것 같지 않습니다만."

"그야 나는 이걸로 피해 볼 일이 별로 없으니까."

찰스는 노골적으로 냉정했다.

"이걸로 테러가 가능한 건 몬스터들하고 맞닿은 기지 정도겠지. 워싱턴 주변에 몬스터가 있겠나? 테러하려고 도시까지 몬스터를 끌고 올 놈은 없어. 그 짓을 하느니 차라리 폭탄이 직관적일 테니까."

"맞는 말이긴 하지만……."

수현은 금속 상자를 톡톡 두드리며 말했다.

"언제나 현실은 상상을 뛰어넘으니까 말이죠."

"걱정 말게. 그럴 때를 대비해서 나는 언제나 플랜 B를 준비해 놓으니까. 어지간한 미군 기지보다 내 주변이 안전할 거야."

"그러시겠죠."

주변에 따라다니는 초능력자 호위가 전력의 전부는 아닐 것이다.

수현은 그렇게 생각하며 손을 내밀었다.

"어쨌든 이렇게 와주셔서 감사합니다."

"그러면 우리 사이는 더 친해진 거로 봐도 되나?"

"원래 친했으니 딱 그 정도인 걸로 합시다."

"……."

"걱정 마시죠. 다른 곳에서 접근한다고 해도 회장님하고 인연을 끊지는 않을 테니."

"……!"

찰스는 씩 웃으며 수현의 손을 맞잡았다. 마지막 순간에 수현은 그가 원하는 말을 해주었다. 역시 거래가 뭔지 잘 알고 있는 놈이었다.

회장이 자리에서 일어나자 수행원들이 따라붙었다. 외투를 입혀준 후 옷매무새까지 가다듬어주었다.

"아, 그러고 보니 한 가지 더."

찰스는 뭔가 생각이 났다는 듯이 입을 열었다.

"......?"

"지금은 밖으로 나가는 게 곤란할 테니 어쩔 수 없겠지만, 제약이 풀리면 워싱턴으로 오게. 아주 멋진 제안이 있으니."

"이민?"

"그건 아니네. 물론 미국으로 오면 나야 좋지. 오겠나?"

"별로요. 한국 정부가 미치지 않고서야 보내주지도 않을 테지만."

"그렇겠지. 나도 괜히 문제를 만드는 취미는 없으니. 어쨌든 여기서는 말하기 힘들지만, 정말 좋은 제안이라는 것만 말해두겠네."

수현은 떨떠름한 표정으로 그를 쳐다보았다. 아무리 봐도 여기서 말해도 되는 제안을 괜히 저렇게 포장해서 말하는 것 같았다.

"뭐, 알겠습니다."

"그러면 다음에⋯⋯. 잠깐, 마리아는 어디 갔나?"

찰스는 서 있는 블루베어 대원들을 훑어보며 의아하다는 목소리로 물었다.

"마리아라니. 그 조카요? 데리고 오신 겁니까?"

"오겠다고 고집을 부려서 데리고 왔는데⋯⋯."

그 순간 멀리서 김창식의 비명이 들렸다.

"⋯⋯어디 있는지 알겠군요."

"정말로 고생이 많았다. 그런데⋯⋯ 왜 인원이 그대로지? 게다가 모고크 얼굴은 왜 그렇고?"

돌아온 오크들의 모습은 호기심을 자극했다. 생존자를 데리고 오지 못한 건 그럴 수도 있었지만, 모고크는 어디서 흠씬 두들겨 맞았는지 얼굴이 두 배 정도로 부풀어 올라 있었다.

"⋯⋯죄송합니다."

"최선을 다했으면 죄송할 필요는 없다. 그보다 치료부터 해주지."

수현은 오랜만에 치유 능력을 활성화했다. 모고크는 순식간에 상처가 아무는 것에 감탄한 표정을 지었다.

"생존자는 못 데리고 왔고, 얼굴은 떡이 되었으니……. 무슨 일이 있었나 보군."

"대장은 최선을 다했습니다!"

"그래, 알겠으니 무슨 일이 있었는지 말해봐."

오크들이 하나둘씩 입을 열고 떠들어 대기 시작했다. 그걸 듣는 수현의 표정이 점점 일그러졌다.

"그 사람? 예전에 떠났는데."

"떠난 지 꽤 됐는데."

"얼마 전에 떠났지."

오크들은 생존자의 소식을 쫓아서 움직일 때마다 한발씩 늦었다. 덕분에 주변을 빙 돌아서 움직인 셈이 되었다.

"그래서 어디까지 갔는데?"

"하임켄입니다."

"하임켄까지 갔다고?! 하임켄 지역에서 어디?"

"하임켄 시를 말하는 겁니다."

"……다음부터는 그냥 도중에 돌아와서 보고를 해라."

처음으로 받은 임무여서 어떻게든 성공시키기 위해 계속 달려든 모양이었다. 직접 보지 않았어도 짐작이 갔다.

하임켄. 중국과 러시아의 담당 지역으로, 게이트 북쪽에 위치한 지역. 거기서도 하임켄 시는 오크들의 도시를 의미했다.

부족이나 촌락 단위로 살아가는 이종족이 많은 카메론에서 이종족들의 도시는 드문 존재였다.

"거기는 중국이나 러시아 쪽 허가 안 받으면 들어가기도 힘든 곳인데……. 아, 오크여서 괜찮았나."

이동하는 이종족들을 붙잡고 신분 검사를 하는 이들은 없었다. 게다가 하임켄 주변은 오크들로 넘칠 테니.

"그래서? 들어가다가 걸린 것도 아니고 하임켄에 도착했으면 문제없지 않나? 다른 이종족들도 아니고 오크 도시잖아."

"예, 저도 그렇게 생각했는데 말로크를 찾아왔다고 하니 대번에 태도가 바뀌었습니다."

말로크. 오크 생존자의 이름이었다.

"바로 포위당해서 부족장 앞까지 끌려갔고, 목적을 말하라고 심문당해서 말로크를 찾아 인간의 법정에서 증언을 시키려고 한다고 대답했습니다."

"그래서 두들겨 맞았나?"

"……예, 자존심도 없는 놈들이라고 하면서…….."

"오크들이 수틀리면 협정 같은 건 안 지키는 놈들이긴 하지만 이건 좀 심하군. 하임켄 오크들이 그렇게 머리가 없는 놈들이 아닌데 말이지."

이종족들과 인간의 관계는 언제나 애매했다. 인간을 잘 아는 이종족들은 조심스러운 태도를 견지했다. 무력을 쓴다면 언제라도 그들을 전멸시킬 수 있는 세력을 상대한다면 조심스러울 수밖에 없었던 것이다.

하임켄의 오크들은 카메론 개척 초기부터 인류와 많은 접촉을 해왔다. 오지의 이종족들처럼 인류가 어떤 이들인지 모르고 멋대로 행동하는 이종족은 아니었다. 그들은 인류가 필요할 경우 어떤 짓을 할 수 있는지 잘 알고 있었다.

"네가 어디에서 왔고 어떤 이유로 왔는지 말했는데 그렇게 구타당했나? 중요한 거야. 정확하게 말해봐."

"예, 분명 그렇게 말했는데……."

"좋아, 다행히 명분은 생겼군."

인간들의 학살로 인한 피해자를 보호해 주겠다는 명목으로 생존자를 내주지 않는다면 수현도 곤란했다. 인류는 기본적으로 이종족들의 고립주의를 존중해야 했기 때문이었다.

그러나 사신으로 보낸 이를 이렇게 두들겨 팬다면 그건 문제가 달라졌다.

"어떻게 된 건지는 모르겠지만 덕분에 끼어들 수 있겠어. 고생 많았다. 가서 푹 쉬도록."

"아닙니다. 데려오지도 못했는데……."

"어디 있는지 찾고, 접촉까지 했는데 거절당한 거면 너희 역량 바깥의 일이지. 어쩔 수 없는 일 가지고 자책할 필요는 없다. 일 잘한 거 맞아."

"감사합니다!"

여러 가지로 예상 밖의 일이 일어나고 있었다. 오크들의 활약은 기대 이상이었다. 설마 저렇게 직접 뛰어가면서 생존자가 어디 있는지 찾아낼지는 수현도 예상하지 못했었다.

그리고 하임켄 오크들의 태도도 예상 밖이었다. 이런 식으로 거칠게 나오는 건 이해가 가지 않았다.

'아무래도…… 뭔가 있군.'

역시 가장 좋은 건 직접 가는 것이었다. 이런 식의 복잡 미묘한 문제에서 그가 직접 가지 않는 건 그다지 현명한 선택이 아니었다. 언제 무슨 일이 일어날지 몰랐으니까.

다만 하임켄은 수현이 가고 싶다고 해서 쉽게 갈 수 있는 곳이 아니었다. 여러 문제점을 먼저 해결해야 했다.

"안 됩니다."

"저기……."

"절대로 안 됩니다! 다시 한번 생각해 주십시오."

"아니, 그러니까……."

"왜 하필 하임켄입니까? 지금 시기에 거기로 들어가서 얻을 수 있는 게 뭐가 있다고요. 게다가 중국이나 러시아 쪽 영역이잖습니까. 그들이 신사적으로만 움직일 거라는 생각은 하지 마세요."

"국장님, 저도 알고 있습니다. 저번에 직접 경험한 게 누구입니까?"

계속 말을 끊고 자기 할 말만 하자 수현도 짜증이 났다. 한층 내려간 목소리로 말하자 국장이 화들짝 놀라 말을 멈췄다.

"이건 허락을 받으려는 게 아니라 양해를 구하는 겁니다. 설마 제가 개발계획국 직속 팀이라고 해서 모든 일을 다 허락받고 하리라고 생각하는 건 아닐 거라 믿습니다."

꿀꺽—

국장은 저도 모르게 침을 삼켰다. 갑작스러운 태도 변화. 수현은 이런 걸 대화에서 아주 능숙하게 사용했다. 젊은 사람이라고는 도저히 생각되지 못할 정도로.

"그, 그래도……."

그렇다고 여기에서 물러설 그가 아니었다. 그가 국장의 자리까지 올라온 건 그럴 만한 이유가 있어서였다. 국장은 머릿속을 빠르게 굴리며 수현을 설득할 이유를 고민했다.

'채찍은 통하지 않을 테니 당근으로……'

어떻게든 수현을 머무르게 만들어야 했다. 이런 상황에서 그를 내보냈다가 사고라도 난다면 한두 사람의 목이 날아가는 것으로 끝나지 않는다.

"그리고 중국이나 러시아 쪽 문제는 그렇게 걱정하지 않으셔도 됩니다. 이런 상황에서 섣불리 움직이는 건 그들한테도 부담일 테니까요. 잘못 걸렸다가는 누명을 그대로 뒤집어쓸 테고, 상대해야 하는 저라는 적에 대한 대안은 이론이 성립되지 않은 상태죠. 괜찮을 겁니다."

물론 반은 맞고 반은 틀린 소리였다. 수현도 그걸 알고 있었다.

수현이 아무리 상대하기 힘든 미지의 적이고, 공식적으로 주변의 눈이 수현에게 쏠려 있다고 해도 움직일 놈은 움직였다. 수현 본인에게는 그럴 만한 가치가 있었다.

이 말을 꺼낸 건 단지 국장을 설득하기 위해서였다. 한 번 후려쳤으니 이제는 달래주는 것이다. 국장은 수현에게 채찍과 당근을 쓰려고 궁리하고 있었지만 정작 당하고 있는 건 그였다.

"허가 문제는 어떻게 하실 겁니까?"

"다행히 중국 측의 통행 허가를 받지 않아도 됩니다. 저번 일을 생각한다면 러시아 쪽에게 부탁을 하면 될 테니까."

"……."

확실히 맞는 말이었다. 국장은 수현의 말에 점점 반박하기 힘들어지는 걸 느끼며 등에서 땀을 흘렸다.

"그러면 그렇게 알고, 잘 부탁하겠습니다."

수현이 계속 화제를 돌린 덕분에 개발계획국 측은 정작 중요한 것에 대해서는 제대로 묻지도 못했다.

하임켄 쪽에는 왜 들어가려고 하는 건지 같은 질문에 대해서는 더더욱.

"오크들의 도시라니. 어떤 곳입니까?"

"기본적으로 이종족들의 마을하고 비슷해. 다만 더 크고, 더 야만적일 뿐이지."

"오오……."

"역시 엘프들이 사는 곳에 비교하면 투박합니까?"

"아마도 그렇겠지?"

도시 단위의 이종족들을 만나는 건 그들에게도 생소한 경험이었다. 루이릴에게 이것저것 묻는 대원들을 보며 샤이나가 말했다.

"쟤 또 폼 잡아."

"내버려 둬. 평소에 구박받으니 저 정도는 해도 괜찮아."

루이릴은 언제나 수현에게 구박을 받으며 필요할 때 부려지는 입장이라 착각하기 쉬웠지만, 그녀는 엘프였다. 이미지 관리를 조금만 해도 사람들은 알아서 착각에 빠졌다.

그리고 그건 엉클 조 컴퍼니의 대원들도 마찬가지였다. 아직도 그들 대부분이 루이릴에게 속고 있었다.

'김종태 약 문제는 처리했고, 시간 맞춰서 다녀오려면 빠듯하겠군.'

수현은 이것저것 궁리하며 생각에 잠겼다.

러시아 측에 허락을 요청한 순간 정보는 밖으로 새어 나갈 수밖에 없었다.

그렇지만 그렇게 많이 퍼져 나가지는 않을 것이다. 러시아의 도덕적인 면모를 믿어서가 아니라, 러시아의 이기심을 믿어서였다. 수현이 움직인다는 정보 같은 걸 러시아 측이 다른 곳에 쉽게 공유하지는 않을 테니까.

"호랑이 데리고 가도 괜찮아?"

"상관없어."

"정말?!"

"어차피 가서 좋게 보이거나 애걸복걸할 생각은 처음부터 없었으니까."

밑의 대원이 가서 두들겨 맞았는데 좋게 이야기할 생각

은 없었다. 필요하다면 얼마든지 무력으로 협박을 할 생각
이었다.

이종족들의 도시라고 해서 근대 이전의 문명을 생각하면
큰코다친다. 하임켄 같은 경우는 인류와 교류를 한 경력이
길어서 문명 수준이 꽤나 높았던 것이다. 무장도 마찬가지
였다.

그러나 수현은 아랑곳하지 않았다.

'놈들이 높아봤자지.'

최첨단 병기로 무장한 놈들이 덤벼도 상대할 자신이 있었
는데, 그 이전 시대의 병기로 무장한 놈들이 덤비는 걸 두려
워할 리 없었다.

'도착해서 폭력을 사용한 것에 대해 꼬투리를 잡는다. 상
황이 어떻게 된 것인지 확인하고 나면 그걸 사용해 생존자를
데리고 나오고.'

깔끔한 계획이었다. 주변 상황을 생각하면 난이도가 확 달
라졌지만 말이다.

"살이 좀 많이 빠졌군."

"……."

핼쑥해진 얼굴의 구중철이 고개를 끄덕였다.

이소희는 절대로 사람을 쉽게 굴리지 않았다. 살집 좋았던
얼굴이 반으로 줄어 있는 것을 보며 수현은 만족스러운 표정

을 지었다.

"이번 일이 첫 임무가 되겠군."

-제가요?

"그래, 기분이 어때?"
구중철은 눈을 깜박이더니 다시 자판을 두드렸다.

-열심히 하겠습니다.

"아주 좋아. 넌 그냥 이것만 기억해. 내가 하라는 대로만
하면 된다."
몇 번의 끄덕거림.
수현은 구중철의 어깨를 툭툭 치고 걸어갔다.
수현은 그를 믿었다. 구중철만큼 생존력이 강한 사람도 드
물었다. 그는 어디에 던져도 알아서 살아나올 놈이었다.
"아, 혹시 모르니까 그것도 챙겨서 가지고 가자."
"뭐?! 왜?!"
거대한 대검을 가리키며 수현이 말하자 루이릴이 질색을
하며 외쳤다.
쇼크 웨이브 소드.

아티팩트도 아티팩트지만 이건 다른 의미를 갖고 있었다. 쇼크 웨이브 소드는 하임켄 오크들의 신물이었던 것이다.

중국 측이 훔쳐서 갖고 나온 걸 다시 루이릴이 훔친, 복잡한 사연을 가진 장물.

지금 상황에서 갖고 간다는 건 하나의 의미밖에 없었다.

"돌려줘 봤자 다시 뺏긴다니까. 그럴 바에는 우리가 갖고 있자!"

"난 가끔 네가 엘프인지 인간인지 헷갈릴 때가 있어. 뻔뻔하기가 거의……."

루이릴은 삐죽거리며 시선을 돌렸다.

"무조건 돌려주는 건 아니야. 상황 봐서 결정할 거고. 나중에 갚아줄게. 들키지 않게 잘 포장해서 챙겨. 러시아 쪽에 들키기라도 하면 괜히 골치 아파질 수 있으니까."

"으으……."

수현은 절대로 마음을 바꾸지 않았다.

루이릴은 포기하고서 쇼크 웨이브 소드를 붙잡았다.

장물들을 모조리 세탁당하고 나서 몇 개 남지 않은 애장품이었는데…….

"좋아, 준비는 다 끝난 것 같군."

"그러고 보니 고르간, 북쪽 출신의 오크라고 들었던 것 같은데."

"맞습니다."

"혹시 하임켄 출신인가?"

고르간은 고개를 저었다.

"가까운 곳이었지만 하임켄 출신은 아닙니다, 팀장님."

"하긴, 게이트 북쪽이 얼마나 넓은데. 멍청한 질문을 했군."

"궁금하신 게 있으시다면 물어보십시오. 아는 대로 대답해 드리겠습니다."

"아니, 괜찮아."

어차피 하임켄에 대해서는 수현도 알 만큼 알았다. 워낙 유명한 도시 중 하나였으니까.

게다가 북쪽 출신인 오크가 여기 와서 용병으로 일하고 있다는 건 그럴 만한 사연이 있어서였다. 괜히 캐물을 생각은 없었다.

"이쪽을 엄청 쳐다보는데요, 저놈들."

"눈 마주치지 마라. 여기서 싸움이라도 나면 좋은 건 저쪽뿐이니까."

하임켄으로 난 도로가 있었다. 러시아와 중국 측에 사용

허가를 받아야 이용할 수 있는 도로였다.

그들은 지금 러시아 측의 허락을 받고 움직이고 있었던 것이다.

"아무리 그래도 그렇지, 왜 저렇게 쳐다보는 거야? 기분 나쁘게."

"멍청한 놈. 고개 숙여. 팀장님하고 같이 움직이는 거면 그 정도는 예상을 했어야지. 마법사라는 이름이 그렇게 가벼운 건 줄 아냐?"

"예?"

"나 같아도 감시하라고 명령을 내렸겠다."

박수용이 다른 대원들을 타박했다.

수현은 그에게 쏟아지는 시선들을 느꼈다. 그를 쳐다보고 있는 사람 중 몇몇은 초능력자가 분명했다. 개인적인 호기심도 느껴졌으니 분명 그럴 것이다.

"그래도 몬스터 걱정을 안 해도 되는 건 좋네요."

"이 주변은 원래 몬스터가 적기도 했지만, 중국하고 러시아 측이 싹 밀어버린 것도 있지. 몬스터는 찾기도 힘들 거다."

"이종족들이 항의 안 합니까?"

"걔네들이 왜 항의를 하나?"

"우리라고 몬스터를 좋아하는 건 아니거든? 몇몇 경우를 빼면 몬스터 박멸은 우리한테도 이익이야."

"……들은 것처럼 몬스터 박멸은 오히려 이종족들한테 부탁을 받으면 받았지 부탁하고 할 일은 아니다. 하임켄 주변의 몬스터 처리도 아마 꽤나 정치적인 거래가 오갔을걸?"

"우와, 오크들이 그런 걸……."

딱!

"예?! 왜요?!"

"여기 오크들 안 보이나? 말할 때는 생각을 하고 내뱉어라."

"죄, 죄송합니다. 미안!"

"괜찮다. 나쁜 뜻으로 말한 게 아니라는 거 안다."

"고르간……!"

고르간이 선선히 용서해 주자 김창식은 감동한 표정으로 외쳤다.

"창식은 생각이 없으니까."

"고르간?!"

여러 시행착오를 겪고 나서, 현재 하임켄은 고립주의 노선을 선택하고 있었다.

중국과 러시아 측의 상호 견제와 게이트에 진출한 다른 국가들의 시선 때문에 그런 게 가능했다. 만약 게이트에 중국과 러시아만이 진출했다면 당장에 지옥도가 펼쳐졌을 것이다.

예전에 대원들이 했던 농담 중에 그런 게 있었다. 이종족들에게 가장 행운인 건 인류가 여기에 올 때 미국이 같이 왔다는 것이라고.

뼈 있는 농담이었다. 실제로 미국이 아니었다면 다른 이들이 얼마나 폭주를 했을지 짐작도 가지 않았다.

상황이 도와주기는 했지만 두 호전적인 강대국의 영역에서 고립주의 노선을 선택하는 건 보통 일이 아니었다. 하임켄 오크들의 수완을 잘 알 수 있는 부분이었다.

끼익―

"어? 뭡니까?"

"도착이지."

"도시 안 보이는데요?"

"여기서부터는 직접 움직여야 해. 하임켄 오크들이 뭐가 좋다고 인간들이 자기네들 안방까지 도로를 놓게 하겠나?"

평지가 끝나고, 높지는 않지만 드넓은 산악 지대가 그들 앞에 나타났다. 하임켄은 고지대에 위치한 도시였다.

"이건 뭡니까?"

기지에 있던 러시아 측 군인이 차량 뒤에 실린 거대한 컨테이너를 보고 호기심에 찬 목소리로 물었다.

크르릉―

"……?!"

다크 엘프가 컨테이너를 열고 안에서 안광을 내뿜는 몬스터를 데리고 나오자 러시아 군인들은 기겁해서 무기에 손을 가져다 댔다. 그들이 훈련을 받은 군인이 아니었다면 당장에 발사했을 것이다.

"그, 그……."

"놀라게 해서 미안하군. 가도 되겠나?"

"예!"

"그러면 움직이자고. 날이 저물기 전에 도시 안으로 들어가고 싶으니까."

"왜, 오크, 놈들은, 이런 곳에, 살아가지고……."

"그런 말 하지 마라, 창식. 하임켄은 오크 지혜의 정수나 마찬가지니까."

"뭐? 그게 무슨 소리야?"

"잘 만들어졌다는 소리지."

수현이 앞에서 걸어가면서 의문에 대답했다.

"지구에서도 그 시대 기술에 비해 특이할 정도로 잘 만들어진 유적지들이 있잖나. 하임켄도 충분히 그런 도시다. 우리야 용병이라 그냥 놀라고 넘어가지만 학자들은 보면 좋아서 미칠 정도로."

"실제로 양국 정부의 수입원 중 하나가 하임켄으로 들어가는 관광 허가죠."

"관광이라니, 참 나……."

언제 나올지 모르는 몬스터를 상대하기 위해 신경을 곤두세우는 이들에게는 어이가 없을 수밖에 없는 소리였다.

"지구 쪽 사람들은 좋아하지. 몬스터 위험도 거의 없는 것이나 마찬가지고, 이종족들의 도시니……."

"우리도 그런 코스 하나 만들죠?"

"우리 쪽 영역에도 몇 개 있다. 관심을 안 가져서 모르는 거지. 그리고 그렇게 대중적인 것도 아니고."

"안 유명해요?"

"게이트 남쪽은 보통 연구자들이나……. 아, 저기 있군."

"……?"

대원들은 수현이 말하자 고개를 돌려서 쳐다보았다. 그러나 보이는 건 완만한 산의 경사뿐이었다.

"뭐가 있습니까?"

"저기 오크 안 보이나?"

저 멀리 있는 오크를 본 것도 놀라웠지만, 그보다 저런 곳에 기다렸다는 듯이 서 있는 오크도 신기했다.

'뭐 하는 놈이야?'

"누굽니까?"

"안내인이겠지."

러시아 쪽의 허가를 받을 때 이미 하임켄 측으로 연락이 갔을 것이다. 저 오크는 하임켄 측에서 보낸 오크가 분명했다.

"Umm…… Hello?"

"미안하지만 나라가 틀렸어."

티셔츠를 입은 오크가 다가와서 작은 책자를 보며 말을 걸었다. 완전히 빗나갔지만.

"보통 이런 걸 담당하는 사람은 통역기 하나 정도는 갖고 있지 않나?"

"손님들이 다 갖고 오시니 필요가 없거든요. 미국에서 온 게 아니라면, 중국?"

"한국."

"아, 한국. 알아요. 김츠……."

"쓸데없는 소리는 됐으니 길이나 안내하지?"

"옙."

수현의 말에 오크는 순순히 몸을 돌렸다. 여기에 올 정도의 사람은 대부분 돈이 많거나 다른 무언가가 있는 사람이었고, 그런 사람들의 말은 거슬러서 좋을 게 없었다.

"이름이 뭐야?"

김창식의 질문에 오크는 싹싹한 태도로 대답했다.

"크룩이라고 불러주시면 됩니다, 손님. 그런데…… 인원이 특이하시네요. 제가 안내인으로 십 년 넘게 일했지만 이런 인원은 처음 봐요. 저 몬스터, 제대로 통제되고 있는 거 맞죠?"

호랑이를 데리고 있는 게 샤이나였기에 크룩은 그다지 놀라지 않았다. 다크 엘프들이 몬스터를 길들이는 것은 나름 잘 알려져 있는 것이다.

"걱정 마. 안 무니까."

"저건 물고 안 물고의 문제 같지 않습니다만……."

김창식이 금세 오크와 친해져서 떠들자 박수용이 걱정스럽다는 투로 물었다.

"저렇게 떠들게 내버려 둬도 됩니까?"

"괜찮아. 저러라고 내버려 둔 거니까."

"……?"

"오크 안내인은 솔직히 관광객들한테나 필요 있는 거지. 우리한테는 별 의미 없어. 붙여주는데 가만히 있었던 건 안의 상황 때문이다."

모고크가 두들겨 맞고 쫓겨난 사건은 명백히 이질적이었다. 이런 사건이 일어났다는 건 무언가 이유가 있음이 분명했다.

그리고 그런 건 어떻게든 티가 나게 되어 있었다.

"안내인 정도면 안의 상황에는 능숙하겠지. 저대로 친해지게 내버려 두라고."

"예."

잠시 멈춰 서서 쉬는 시간이 되자 수현은 김창식을 불러 지시했다. 하임켄에서 무슨 일이 있는지, 특히 족장 주변에 무슨 소문 같은 게 없는지를 물어보라고.

"잘할 수 있을지 긴장되네요."

"떠드는 걸 가장 잘하면서 무슨 소리야?"

"팀장님!"

"농담이고. 닳고 닳은 놈이니까 조심한다고 해서 달라지지는 않을 거야. 거짓말을 하면 그건 그거대로 반응을 볼 수 있으니까 어색하지 않게만 물어보라고. 여기."

"웬 돈입니까?"

"주면서 물어봐야지. 노골적으로 주지는 말고."

"……."

인류와 접촉해도 이종족의 생활방식을 고수하는 이들이 있는 반면에 인류에게 많이 물든 이들도 있었다. 인간을 상대하는 안내인을 오래 할 정도의 오크라면 전형적인 후자였다.

환상이 깨지는 걸 느끼며 김창식은 질문을 던졌다.

"그런데, 하임켄에서는 요즘 무슨 일 없나?"

"예? 뭐가요?"

"뭐든 간에 좋아. 알지 모르겠지만 우리 같은 사람들한테는 이런 사소한 정보 하나도 크게 도움이 되거든. 다른 누가 접촉해서 새로운 개발을 기획한다든가……."

김창식은 말과 함께 크룩의 손에 지폐를 찔러 넣어주었다. 크룩은 그걸 빠르게 챙기며 씩 웃었다.

"그런 거라면 아주 제대로 물어보셨군요. 저 밑의 완만한 산봉우리 보이시죠? 사실 저걸 깎아서 평지로 만든 다음 개발할 계획이……."

수현은 한숨을 쉬었다. 인간한테서 아주 안 좋은 것만 배워서 물든 놈이었다. 이 주변에 대해 모르는 사람이면 모를까 수현에게는 같잖은 거짓말에 불과했다.

"헛소리하지 마라. 이 주변은 개발 자체가 불가능할 텐데. 즐겁게 해주려는 건 알겠는데 거짓말을 할 거라면 관둬."

"……!"

"뭐야, 거짓말이었어?"

김창식은 배신감 가득한 표정으로 크룩을 쳐다보았다. 크룩은 멋쩍은 웃음과 함께 시선을 피했다.

"아니, 소문이란 게 그런 거잖아요? 맞는 게 있으면 틀릴 수도 있고……."

"너 이 자식! 팁도 줬는데……."

크룩은 재빨리 머리를 굴렸다. 이대로 갔다가는 본전도 건지지 못할 것 같았다. 무언가 괜찮은 걸 짜내야 했다.

"아! 최근에 헤르쿨 부족장님을 자주 찾아오는 인간들이 있었습니다. 원래 그렇게 자주 찾아오는 인간들은 드물거든요."

"이것도 거짓말 아냐? 부족장이라면 아주 높은 지위일 텐데. 거의 여기의 왕이나 다름없는 거잖아. 그런 사람이 만나는 사람을 네가 어떻게 알아?"

한 번 속은 것 때문인지 김창식의 얼굴은 의심으로 가득했다. 크룩은 필사적으로 손을 흔들며 신뢰를 되찾기 위해 말했다.

"거짓말 아닙니다. 진짜예요! 헤르쿨 부족장님이 만나는 사람들을 아는 건 제가 부족장님하고 친해서 그런 거고요."

"어디 사람들이지?"

"예?"

듣고만 있던 수현이 대화에 끼어들었다.

"자주 찾아온다는 사람들 있잖나. 어디 사람들이냐고."

"어…… 글쎄요?"

김창식의 눈빛이 차가워졌다. 크룩은 허겁지겁 외쳤다.

"그건 저도 알 수 있는 방법이 없죠! 그걸 제가 어떻게 압니까!"

"요령만 알면 쉽지. 찾아오던 사람들을 보긴 했나?"

"멀리서……."

"피부색이 우리와 비슷했나?"

"비슷했던 것 같은데요."

"……중국인들이군."

"예? 그걸 바로 알 수 있습니까?"

"아닐 수도 있지만 가능성이 높지. 이 주변에서 동양계는 흔하지 않으니까……."

한국일수도 있었지만 그보다는 중국일 가능성이 높았다.

'무슨 이유 때문이지?'

하임켄은 새로 발견된 곳이 아니었다. 이미 알 만큼 알려졌기에 이제 와서 새로 무언가를 시도할 만한 요소가 희박했다.

"부족장과 친하다고?"

"예! 헤르쿨 부족장님은 제가 어렸을 때부터 저를 아주 귀여워해 주셨죠."

"잘됐군."

"……?"

"우리가 부족장을 만나야 할 것 같은데, 수고를 덜었어. 주선 좀 해주겠나?"

"예? 그건 좀……."

도시 내에서 외부인들이 돌아다닐 수 있는 곳은 한정되어 있었다. 부족장이나 도시 내 중요 인물들을 만나려면 따로 신청을 해야 했다.

물론 수현은 일부러 그런 걸 피해서 들어온 상태였다.

'모고크가 두들겨 맞고 쫓겨났는데 공식적으로 말해봤자 거절이나 당했겠지.'

게다가 불필요한 관심도 몇 배로 늘어났을 것이다.

"돈이 부족한가?"

"돈이 부족한 게 아니라……. 아니, 물론 돈은 더 주시면 좋습니다만."

거절하는 와중에도 크룩은 한결같았다.

"헤르쿨 부족장님은 만나고 싶다고 해서 바로 만날 수 있는 분이 아니거든요. 제가 뭐라고 말합니까? 외부에서 온 사람들이 부족장님을 만나고 싶다고 하면 당장 밑의 사람들이 들고 일어설 걸요."

"한마디로 부족장이 우리를 만나게 할 이유가 없다 이거지?"

"예, 그렇죠."

"부족장한테 가서 말을 전해. 말로크 관련으로 할 이야기가 있다고."

"……?"

"그거면 충분해. 그러고서도 가만히 있지는 않을 테니까."

하임켄은 명성에 걸맞은 도시였다. 산맥의 경사를 따라 거대하게 축조된 석조 도시를 본 대원들은 감탄사를 내뱉었다. 루이릴과 샤이나, 고르간과 모고크를 제외하고서.

원래라면 관광객들은 도시의 성문으로 들어가 정해진 길대로 움직이게 되어 있었다. 그러나 수현과 대원들은 바로 안쪽으로 안내되었다.

"괜찮은 겁니까?"

"뭐가?"

"너무 직설적으로 말한 게 아니신지……."

서강석은 걱정스러운 표정이었다. 이종족을 얕보는 용병도 많았지만, 사냥꾼 출신인 서강석은 이종족의 강함을 잘 알고 있었다.

작은 부족 단위의 이종족도 잘못 건드리면 피를 볼 수 있는데, 이런 도시 단위의 오크는 더 말할 것도 없었다.

"모고크가 당한 걸 보면 무언가 있다 이거지?"

"예, 그게 뭔지 모르는데 괜히 직설적으로 말했다가 피해라도 당한다면……."

"뭔가 하나 착각하고 있군."

"……?"

"할 수 있으면 해보라고 말을 전하라고 한 거야."

"예?"

"모고크한테 한 것처럼 건방지게 굴 수 있다면 해보라고 말을 전하라고 한 거라고."

수현의 표정은 담담했지만 서강석은 거기서 잘 갈무리된 살기를 느꼈다. 수현의 눈동자에서는 차가운 불꽃이 튀고 있었다.

"다른 건 몰라도 내 밑에서 일하는 사람 건드리는 건 절대 용서 못 하지. 아직도 주제 파악 못 하고 두 번째로 덤벼든다면 바로 전투다."

서강석은 마른침을 삼켰다. 수현은 상황을 잘못 파악하고 있는 게 아니었다. 오히려 여기서 싸움을 벌여야 한다면 기꺼이 벌이고 싶어 하는 것 같았다.

"왜, 긴장되나?"

"이제까지 저한테 해주신 걸 갚을 수 있겠군요."

수현은 빙그레 웃었다. 이런 태도 때문에 서강석을 좋아한다.

"그렇지만 지금 걱정하고 있는 일은 없을 것 같군."

"예?"

"여기 부족장은 멍청한 놈이 아니거든."

그들은 하임켄 내성의 복도를 걸어서 넓은 홀에 도착한 상태였다. 샤이나는 수현과 서강석의 대화를 들으면서 포슈칸 호랑이에게 등을 기대고 있었다.

내성의 성문을 지키던 오크는 몬스터를 보고 당황해했지만 다크 엘프가 고삐를 잡고 있는 것을 보고 안으로 들어가는 것을 허락했던 것이다.

'이런 인원을 보고서 저번처럼 대한다면 정신 나간 놈이지.'

모고크가 속했던 팀은 전원이 오크로 이루어진 팀이었고, 딱히 외형적으로 위협적이지 않았기에 그들 입장에서도 편하게 다룰 수 있었을 것이다.

그러나 수현의 팀원들은 인간이 대거 끼어 있었고 다른 이종족들도 추가로 있었다. 거기에 몬스터까지. 아무리 대충 봐도 범상한 조합은 아니었다. 오크들도 그 정도 눈치는 있었다.

이미 보고가 들어갔을 것이고, 누가 나오든 간에 일단은 간을 볼 것이다. 그들이 정확히 어떤 목적으로 왔는지 파악하기 전까지는.

"안쪽으로 들어오시죠. 그리고 그 몬스터하고 무기는 놓고 와주셔야 합니다."

대원들은 노골적으로 싫은 표정을 지었다. 모고크가 얻어맞고 왔는데 무기를 놓고 들어가다니.

그들은 어떻게 해야 하냐는 표정으로 수현을 쳐다보았다.

"장비는 여기에 두고 간다."

"괜찮습니까?"

"괜찮아. 문제 생기면 무기로 싸울 필요도 없으니까."

대원들은 천천히 무기를 내려놓았다. 샤이나는 으르렁거리며 낮게 소리를 내는 호랑이를 달래느라 안간힘을 썼다.

"얌전히 있어, 얌전히. 알겠지?"

ㅡ크르르…….

"이거 진짜 괜찮은 거 맞죠?"

샤이나는 오크의 질문에 대답하지 않고 발걸음을 옮겼다.

홀의 문을 지나 더 안으로 들어가자 휘장으로 장식된 공간이 나타났다.

중앙에는 거대한 덩치를 가진 오크가 등을 보이고 서 있었다. 천으로 만들어진 옷 위로도 근육이 느껴질 정도로 거대한 덩치였다.

'역시 오크 부족장은 뭔가 다르구나!'

대원들은 그렇게 생각하며 고개를 끄덕거렸다. 그러나 수현은 시선을 돌리며 주변을 살펴보았다. 경계의 눈빛으로 그들을 쳐다보고 있는 오크 경비병들을 제외하면 다른 이들은 보이지 않았다.

"반갑군. 내가 부족장 헤르쿨이다."

오크는 성큼성큼 걸어오더니 수현에게 손을 내밀었다. 수현의 키는 결코 작지 않았지만, 오크는 수현보다 머리통 하나 정도는 더 큰 키였다. 수현을 내려다볼 정도로.

탁!

"……?!"

수현이 오크의 손을 쳐 냈다.

명백한 도발에 오크의 얼굴이 일그러졌다. 그는 살벌한 목소리로 으르렁거렸다.

"이게 무슨 뜻이지?"

"좋은 일로 온 것도 아닌데 가짜 놈하고 놀아줄 생각 없다. 일 크게 키우고 싶지 않으면 진짜 부족장 데리고 와라."

대답은 다른 곳에서 흘러나왔다.

"어떻게 알았지?"

구석의 의자가 돌려지더니 작은 체구의 오크가 풀쩍 뛰어서 똑바로 섰다. 오크보다는 드워프에 가까운 키였다. 왜소하고 작은 체구. 부족장이라고는 생각되지 않았다.

"그릇에 맞지 않는 놈이 흉내를 내면 티가 나지."

"화가 난 것 같은데, 진정하고 이야기를 하지 않겠나?"

"내 부하가 여기에 왔다가 두들겨 맞고 쫓겨났다. 화를 내지 말아야 할 이유를 모르겠군."

"부하라니. 아…… 그 오크들. 카자크, 물러서라."

덩치 큰 오크는 진짜 부족장을 쳐다보더니 다시 수현을 노려보았다. 부족장 앞에서 뻣뻣하게 태도를 유지하는 수현이 마음에 들지 않는 모양이었다.

"말 안 들리나?"

"인간, 예의를 지켜라. 아무도 헤르쿨 님 앞에서 건방지게 굴 수 없다."

"아, 예의."

쿵!

카자크의 무릎이 그대로 꺾였다. 수현 앞에서 무릎을 꿇은 카자크는 충격을 받은 얼굴로 수현을 쳐다보았다.

"내 앞에서는 건방지게 굴어도 되는 줄 아나? 한결 보기 좋군. 이게 예의지."

"너, 인간……!"

"더 예의 바르게 만들어주기를 원하나?"

팔을 뻗으려던 카자크의 동작이 그대로 멈추고, 이번에는 몸 전체가 땅바닥에 고꾸라졌다. 보이지 않는 힘에 굴복한 카자크는 깊은 신음을 내뱉었다.

"멈춰라!"

철컥!

옆에서 수현을 경계하고 있던 오크들이 곧바로 무기를 뽑아 들었다. 그걸 본 대원들은 바로 아티팩트를 빼 들었다. 무기는 놓고 왔어도 아티팩트는 들고 있는 상태였다.

그러나 그들은 그럴 필요가 없었다.

우드득!

오크들이 들고 있던 총이 휘어짐과 동시에 위로 올려졌다. 능숙하게 염동력을 컨트롤하며 수현은 그들을 구석으로 집어 던졌다.

36장
하임켄(2)

"더 해볼까?"

수현은 더 이상 오크들을 염동력으로 누르지 않았지만, 오크들은 아무도 섣불리 덤비지 않았다. 방금 수현이 보여준 모습에 제대로 질린 것이다.

오크들 중에서도 초능력자가 없지는 않았다. 오히려 그래서 수현의 초능력에 더 경악했다. 단순히 염동력을 쏘아 보내거나 투명한 벽을 만드는 게 아니라 염동력을 가지고 놀듯이 사용해 제압을 하다니.

수현은 천천히 걸어가 아직도 엎드려 있는 카자크의 머리 위로 발을 올렸다.

"진정하고 이야기를……."

"난 아까부터 진정하고 있었어. 그래, 어떤 이야기를 들려줄지 궁금하군."

수현의 목소리는 부드러웠지만 위협적이었다.

헤르쿨은 무심코 허리춤에 손을 가져가려는 것을 참았다. 초능력으로 덤벼봤자 저 정도라면 싸움 자체가 되지 않았다.

인원 구성을 들었을 때 범상치 않은 이들이라는 건 짐작했었지만 이 정도일 줄이야.

"더 이상 소란을 피우면 서로 곤란할 텐데?"

"너야 곤란하겠지. 여기 밟히고 있는 이 친구도 곤란하겠고. 그런데 나는 하나도 곤란하지 않을 것 같은데? 어떤 점에서 곤란하단 거지?"

"하임켄은 협정하에 있다."

"아, 그 협정. 그거야 그쪽이 협정대로 살았을 때의 이야기고. 모고크, 앞으로 나와라!"

긴장한 상태로 대기하고 있던 모고크는 수현의 외침에 화들짝 놀라 앞으로 나섰다. 수현은 모고크를 가리키며 말했다.

"여기 이 친구는 이유 없이 너희들한테 두들겨 맞았다고 하던데. 맞나?"

헤르쿨은 이마를 매만졌다. 골치가 지끈지끈 아파오는 느낌이었다.

고릭스가 강력하게 처벌을 주장할 때 어쩔 수 없이 떠밀려서 처벌을 내렸지만, 그게 이렇게까지 일이 커질지는 몰랐다. 인간도 아닌 오크 아닌가.

"일을 크게 키워보고 싶나? 협정 들먹이면서? 난 해도 상관없어. 다만 협정대로 일 처리하기 전에 대가는 확실하게 받고 가야겠지."

"……."

헤르쿨은 잠깐의 침묵 후 물었다.

"무슨 대가를 말하는 거지?"

"오크들한테는 이런 속담이 없나? 뿌린 대로 거두리라. 사람을 두들겨 팼으면 똑같이 두들겨 맞아야지."

"어쩔 수 없는 상황이 있었다."

"그래, 이해해."

수현은 카자크의 머리에서 발을 치우고 그를 옆으로 걷어차며 말했다. 수현이 이해한다고 하자 오히려 오크들이 당황해했다. 다음 말이 들리기 전까지는.

"나도 가끔씩 사람을 패고 싶어서 어쩔 수 없을 때가 있거든. 비슷한 이유겠지?"

"……상황을 설명하게 해주겠나?"

"고개부터 꺾고 공손하게 설명하면 들어는 봐주지."

"여기서 할 이야기가 아니니 우선 장소를……."

쾅!

"어떤 놈이 또 찾아왔다고?"

"부하들 관리가 아주 개판이군. 여기가 무슨 공중화장실 이라도 되나? 개나 소나 다 들어오게?"

문을 박차고 들어온 건 한 무리의 무장한 오크였다. 경비 병들과는 질적으로 다른 살기를 내뿜고 있었다. 누구든 간에 걸리기라도 하면 바로 덤벼들 기세였다.

그들의 우두머리로 보이는 오크는 침을 튀기며 외쳤다.

"헤르쿨 님, 인간들 개수작을 믿지 마십시오! 그놈들이 한 짓 잘 아시잖습니까!"

"저놈이냐?"

수현은 손가락으로 놈을 가리키며 모고크에게 물었다.

"예?"

"널 두들겨 패는 데 주도적으로 나선 놈이 저놈이냐고. 부 족장이 설마 손수 나서서 널 패지는 않았을 텐데."

"마, 맞습니다."

둘이 대화를 하는 동안 오크는 묵직한 발소리를 내며 안으 로 들어왔다. 동시에 그 뒤에서 무장한 오크들이 양옆으로 나열했다.

"인간, 어디서 뻔뻔하게 그 얼굴을 들이미는 거냐? 너희가 한 짓 때문에…… 커어억!"

방금 있었던 일들이 그대로 반복되었다. 수현은 귀찮다는 듯이 손을 털었다. 그 동작 하나에 오크들이 고무공 튀기듯이 뒤로 튕겨 나갔다.

수현은 방금 입을 놀렸던 오크를 들어서 앞에 세웠다. 그리고 그가 들고 있던 소총을 뺏어서 거꾸로 들었다.

"여기 왜 왔는지 궁금하긴 한데, 일단 몇 대 맞고 시작하자고."

"형님?"

"뭐?"

수현은 이 오크가 미쳤나 생각했다. 그러나 오크는 그를 보고 말하는 게 아니었다. 그의 뒤에 있는 고르간을 보고 말하는 것이었다.

"동생이었나?"

수현은 슬며시 소총을 내렸다. 고르간의 동생이라면 일단 이야기 정도는 들어보고 패도 좋았으니까. 그러나 고르간은 단호하게 고개를 저었다.

"저는 동생이 없습니다."

"형님, 잠깐만……!"

"이 오크 새끼가 감히 거짓말을 해?"

둔탁한 소리가 홀에 울려 퍼지기 시작했다.

홀은 용병들에게 완전히 점령당했다. 반납했던 무기들을 다시 들고 나서 오크들을 묶어 구석에 박아둔 대원들은 어깨를 으쓱거렸다.

"살아나갈 수 있겠지?"

"팀장이 죽이기야 하겠냐."

원래라면 부족장이 앉았을 자리에 수현이 앉았다.

다른 거슬리는 놈들은 모조리 치우자 드디어 물을 수 있었다.

"좋아, 최대한 설득력 있게 왜 모고크를 팼는지 말해봐."

"말하자면 긴 이야기인데⋯⋯."

"그러면 짧게 요약해서 말해."

"⋯⋯알겠다."

생존자인 말로크가 하임켄에 도착했을 때, 헤르쿨은 그에게 친절을 베풀었다.

같은 이종족이라는 동지의식 같은 건 없었다. 인간에게 당한 피해자라면 이야기가 달랐을 뿐. 헤르쿨은 나름 넓은 시야를 갖고 있었던 것이다.

이종족 대상 범죄로 인간을 법정에 세우려면 꽤나 길고 복잡한 과정이 걸린다는 걸 헤르쿨은 잘 알고 있었다. 말로크가 원하지 않는다면 헤르쿨은 그 결정을 존중했다.

그러나 어느 순간 상황이 달라졌다. 고릭스가 끼어든 것이다.

부족의 젊은 전사들에게 지지를 받고 있는 고릭스는 말로크를 중요한 정치적 카드로 사용할 수 있다고 주장했다.

인간이 이종족을 상대로 저지른 범죄는 여론적으로도 관심을 받기 좋아 이걸로 무언가를 더 얻어낼 수 있다고.

"그럴듯하군."

수현은 저 뒤에서 엉망이 된 얼굴로 널브러져 있는 고릭스를 쳐다보며 고개를 끄덕였다. 오크들 중에서 저런 식으로 생각할 수 있는 오크는 흔치 않았다.

"그래서, 모고크를 팬 것과 무슨 상관이지?"

"고릭스는 중국과 협력해야 한다고 생각하거든. 놈은 하임켄 내에서도 극단적인 친중주의자다."

수현 내에서 고릭스의 평가가 대폭 내려갔다.

"한국 측에 직접 제소하는 게 아니라, 중국과 협력해서 말로크를 사용한다는 건……."

답은 뻔했다. 한국 측에 진상을 묻고 보상을 받는 게 아닌, 중국 측이 활용할 수 있는 정치적 카드로 말로크를 넘기고 중국 측에 보상을 받는 것이다.

이종족 학살 같은 건 잘만 활용하면 뜨거운 감자가 될 수 있는 문제였다.

"최근 부족 회의에서는 계속 그걸로 다투고 있지. 말로크 본인의 의사를 존중하고, 설사 제대로 된 해결을 원하더라도 중국을 굳이 끼워 넣을 필요가 있냐는 세력과……."

헤르쿨은 시선을 뒤로 돌리면서 말했다. 지금 말하려고 하는 이들이 누군지는 바로 알 수 있었다.

"이번 사건을 이용해서 중국 측과 관계를 더 깊게 하고 동시에 말로크 사건을 해결하자는 세력으로 나뉘어서 말이야. 놈들은 일석이조라고 하더군."

"너는 전자고?"

"나는 전자지. 말로크 본인이 일을 키우고 싶어 하지 않는 것도 있지만, 굳이 중국인들을 끌어들여서 분쟁을 크게 만들 필요가 없어. 손해 보는 건 우리밖에 없으니까."

부족장이라는 자리는 괜히 주어지는 게 아니었다.

헤르쿨은 상황을 정확히 보고 있었다. 이 사건의 주도권을 중국에게 넘겨봤자 이득을 보는 건 중국밖에 없었고, 오크들은 괜히 이용이나 당할 가능성이 컸다.

"그러던 와중에 저 오크가 온 거다. 생존자를 찾으러 왔다고. 어디에서 왔는지 말했으니 당연히 젊은 오크들은 흥분했고……."

한국 쪽에서 벌인 사건인데 한국 쪽에서 인원이 왔으니 고릭스 쪽 세력은 당연히 흥분했다. 그들은 모고크를 인간 측에 붙어먹은 배신자로 매도했다.

"나로서는 죽이지 못하게 한 것만으로도 힘들었다. 협정 관련해서 문제가 커질 수 있다고 간신히 말렸지."

"부하들 관리 못 한 게 자랑이냐?"

수현은 한심하다는 듯이 그를 타박했다. 헤르쿨은 얼굴을 붉히며 고개를 숙였다.

"그나저나 중국이라……."

예상외의 세력이 끼어들어 있었다. 분명 고릭스 같은 놈이 넘기자고 하는 걸 보면 활용 방법은 있는 게 확실했지만, 수현은 그들이 말로크를 어떻게 활용할지 짐작이 가지 않았다.

'어차피 일일이 알 필요는 없지.'

수현과 중국 쪽이 원하는 게 상충되는 상황이었다. 어차피 말로크를 수현이 데리고 갈 생각인 이상 그들이 왜 가져가려고 하는지는 나중에 고민해도 됐다.

"오크들 안에서 자리는 결국 혈연일 텐데. 저놈이 뭐라도 되나? 그렇게 발언을 할 정도로?"

"혈연보다는 중국인이 많이 힘을 실어주고 있지. 그러니까 따르는 놈들도 나오고 있고."

"흠, 지금 다 죽여 버리면……."

"그건 절대로 용납할 수 없다!"

"그냥 해본 소리야. 내가 설마 그러겠나? 보는 눈이 이렇게 많은데."

"……."

수현은 고릭스와 같이 묶인 오크들을 쳐다보았다.

대충 어떤 상황인지는 파악이 됐다. 중국 쪽의 지원을 받고 있는 고릭스 세력과 그 외의 전통 세력들이 말로크를 놓고 싸우고 있는 상황.

'이거 좀 까다롭군.'

마음 같아서야 방해되는 놈들은 모두 쓸어버리고 말로크를 데리고 나오고 싶었지만, 저들 뒤에 중국이 있다면 그런 방법은 꼬리를 잡힐 수 있었다.

"고르간, 저놈하고 무슨 사이지?"

"예?"

"아까는 그냥 넘어갔지만 저놈이 아무나 붙잡고 형님이라고 하지는 않았을 텐데. 말하기 어려운 건가?"

"그건 아닙니다. 다만…… 저는 저놈과 의절한 지 오래됐습니다."

"어째서지?"

"저놈은 자기가 있던 마을을 팔아먹은 놈입니다."

카메론 개발 과정에서 이종족은 협조자, 혹은 방해자의 역할을 맡았다. 고르간의 동생 고릭스는 전자에 속했다. 아주 적극적인.

중국과 러시아의 방식은 여타 국가보다 훨씬 거칠었고, 고르간의 마을은 그대로 붕괴되었다. 몇 푼 안 되는 보상금이 그들에게 남은 전부였다.

"쓰레기 같은 놈이로군. 내가 괜한 질문을 했나?"

"아닙니다. 괜찮습니다."

수현은 대화를 멈추고 고릭스 앞에 걸어갔다. 고릭스는 수현을 노려보더니 고개를 돌렸다. 대화를 하지 않겠다는 의사 표시였다.

"많이 아픈가? 뭐. 우리 대원도 그렇게 맞았으니 대충 퉁 치자고."

"결코 그냥 넘어가지 않을 것이다! 감히 하임켄의 내성에서 이런 미친 짓을 저지르다니!"

"무슨 미친 짓?"

"지금 네가 하고 있는 짓 말이다!"

"하나도 안 죽이고 제압만 했는데 이게 왜 미친 짓이지? 미친 짓은 여기서부터 저기까지 있는 너와 네 친구들을 모조리 죽인 다음 저 뒷산에 파묻는 걸 말하는 거지."

"……!"

고릭스는 순간적으로 입을 다물었다. 수현은 아무렇지도 않은 표정이었다. 그래서 더 무서웠다. 정말로 태연하게 저지를 것 같은 느낌이 들었기 때문이었다.

"걱정 마라. 그런 짓은 안 하니까. 그보다 그냥 넘어가는 게 좋을 거야."

"하! 어째서?"

"아마 넌 네 중국 친구들한테 달려가서 내가 이런 짓을 했다고 이르고 싶겠지만, 나는 그러면 내 대원이 두들겨 맞은 걸 공론화시킬 거거든. 인간의 법정에서 선공을 취한 이종족이 그다지 유리하지는 않을 것 같군. 일이 복잡해지면 네 중국 친구들이 너를 끝까지 보살펴 줄지는 의문이야. 토사구팽 당하고 싶으면 해도 괜찮아."

"……!"

고릭스는 이를 악물었다. 그는 인간들 사이에서 잔뼈가 굵은 오크였다. 수현의 말이 단순한 허세나 거짓말이 아니라는 걸 곧바로 깨달았다.

'빌어먹을 인간 놈!'

"그러게 손을 쓸 때는 생각을 하고 썼어야지."

수현은 그를 툭툭 치고서 헤르쿨에게로 돌아왔다.

"좋아, 저놈은 대충 설득했으니 모두 풀어주지. 방금 그렇게 당했는데 덤비는 놈은 없겠지만 설마 또 나온다면……."

"내가 막을 테니 그럴 일은 없을 거다. 그런데 말로크는 어떻게 할 거지?"

"마음 같아서야 지금 당장 데리고 가고 싶지만, 그랬다가는 여러모로 귀찮아지겠지?"

당장 중국 쪽에서 신이 나서 고릭스와 함께 수현을 옭아맬 구실을 만들 것이다. 안 그래도 그들은 수현을 견제할 구실을 만들고 싶어서 안달이 난 상태일 테니까.

"그럴 거다."

"살짝 번거롭지만 공식적으로 데려가는 수밖에."

"……?"

헤르쿨은 수현의 말을 이해하지 못하고 고개를 갸웃거렸다.

"지금 상황이 고릭스에게 찬성하는 놈과 반대하는 놈으로 나뉜 상황이라며?"

"그렇다."

"그럴 때는 사건 하나만 터져도 여론이 순식간에 뒤집히게 마련이지."

고릭스 찬성파와 반대파는 결국 하임켄 내의 친중파와 반중파나 다름없었다. 각자의 사정이 있고 의견이 있겠지만, 수현은 그런 것과 상관없이 터뜨릴 수 있는 폭탄이 있었다.

'루이릴이 한 도둑질이 이런 상황에서 쓸 수 있게 되다니…….'

쇼크 웨이브 소드. 도난당한 하임켄 오크들의 신물.

만약 이 아티팩트가 중국인 사절들의 짐에서 발견된다면?

그 파급력은 확실할 것이다.

그러나 헤르쿨의 입장에서 수현의 저런 태도가 이해되지 않았다. 도대체 뭘 믿고 저런 자신감을 보여준단 말인가?

중국인들은 무력으로나 정치적으로나 만만한 상대가 아니었고, 그런 이들을 한 번에 무너뜨리고 여론을 뒤집을 만한 방법은 무엇인지 상상도 가지 않았다.

"대체 무슨 사건이지?"

"그거는 그때의 즐거움으로 기대해 두라고. 아, 그 전에 할 이야기가 있지."

수현의 목소리가 한층 더 낮아졌다. 헤르쿨은 무의식적으로 등을 꼿꼿이 세웠다.

"무슨 이야기지?"

"내가 자원봉사자도 아니고, 네가 제대로 관리를 못 해서 이 사달이 났는데 공짜로 수습해 줄 수는 없잖나?"

헤르쿨의 눈동자에 경계의 빛이 서렸다. 지금 그가 걱정하고 있는 것은 하임켄 내의 여론이 친중으로 쏠리는 것이었다.

'하임켄은 중립을 유지해야 한다.'

비교적 오랜 시간 동안 인류와 접촉하면서 배운 것은 하나밖에 없었다. 인간은 믿을 수 없다는 것. 한쪽과 지나치게 친해져 봤자 단물만 빨릴 뿐이었다.

고릭스가 지금 중국과 더 긴밀하게 가야 한다고 주장하며 젊은 오크들을 모으고 있었지만, 그를 밀어내려고 다른 늑대를 외부에서 불러온다면 그건 본말전도였다.

"……한국과 손을 잡을 생각은 없다."

"떡 줄 사람은 생각도 안 하는데 무슨……. 우리 쪽도 하임켄과 공조할 생각은 없어. 어차피 여기는 지리적으로 한국이 손을 대기 힘든 곳이거든."

중국과 러시아의 영역 사이에 박혀 있는 도시에 한국이 손을 뻗어봤자 온갖 방식으로 밀려날 가능성이 컸다.

애초에 그렇게 투자를 할 만한 곳도 아니었다. 차라리 남쪽으로 내려가서 다른 도시와 접촉하면 접촉했지…….

수현이 그렇게 말하자 헤르쿨은 겸연쩍은 표정을 지었다.

"미안하다. 그런데 그게 아니라면 뭐지? 우리 쪽에서 원하는 게 그거 말고 있나?"

"나는 중국이나 러시아처럼 길고 복잡하게 요구하는 사람이 아니야. 내가 원하는 건 간단해."

"……?"

"용의 포효, 갖고 있겠지?"

"……!"

하임켄 오크들이 갖고 있던 쇼크 웨이브 소드는 알 만한 사람은 모두 알고 있는 유명한 물건이었다. 그건 딱히 비밀도 아니었다.

그러나 하임켄에는 몇몇만 알고 있는 다른 신물이 있었다. 쇼크 웨이브 소드처럼 아티팩트였지만 그 위력과 성질은 전혀 다른 신물.

그게 바로 '용의 포효'였다.

"그걸 대체 어떻게⋯⋯?"

"세상에 영원한 비밀은 없지. 알아내는 방법은 나오게 마련이고."

지금 둘은 하임켄 내성의 지하통로를 걷고 있었다. 수현이 말을 꺼내자 헤르쿨은 대경실색해서 주변의 사람들을 물린 것이다.

고릭스를 필두로 한 오크들은 풀려나자 이를 갈며 엉클 조 컴퍼니 대원들을 노려봤지만 수현에게 호되게 당한 터라 바로 덤비지는 못했다. 그들은 두고 보자는 말과 함께 물러섰다.

"그건 부족장한테만 전해지는 물건이야. 쇼크 웨이브 소드처럼 밖으로 정보가 샐 수가 없는데."

"내가 어떻게 알아냈는지 말해줄 생각은 없으니 포기하라고. 둘 중 하나를 선택해. 그걸 넘기고 평화롭고 중립적인 하임켄을 만들든가, 아니면 알아서 잘 해보든가. 하는 걸 봤을 때 혼자 힘으로 후자는 힘들 것 같은데."

"하지만, 용의 포효는⋯⋯."

"신물이라 이건가?"

"그렇다."

"어차피 전대, 전전대 부족장을 제외하면 아무도 모르는 신물이잖나. 내가 가져가도 아무도 모를 거야."

"그게 그렇게 마음대로⋯⋯."

"게다가 그걸 쓸 일이 있나? 그걸 쓸 정도의 위험보다는 지금 밖에서 설치는 고릭스 놈들이 더 현실적인 위험일 텐데."

"대체 어떻게 그걸 다 알고 있는 거냐!"

헤르쿨은 경악한 얼굴로 수현을 노려보았다. 그러나 수현은 표정 하나 변하지 않고 그를 마주 보았다.

"위협이라도 하려고? 관두지. 나한테 그런 게 통하지 않는다는 건 잘 알고 있을 텐데."

"⋯⋯."

수현의 말은 틀리지 않았다. 그가 마음만 먹는다면 손가락을 하나 튕기는 것만으로 헤르쿨을 찢어 죽일 수 있을 테니까.

"꽤 고민이 되나 보군. 그러면 한 가지를 더 제안하지."

"⋯⋯?"

"만약 용의 포효를 넘긴다면 다른 신물을 찾아주겠어."

"다른 신물이라면⋯⋯ 설마 내가 모르는 세 번째 신물도 있나?"

"쇼크 웨이브 소드 말이야."

"갖고 있나?!"

"아니, 찾아준다고."

수현의 말에 놀란 헤르쿨은 다시 실망한 표정을 지었다.

"실망이군. 그런 걸로 설득하려고 하다니."

"뭐가?"

"찾아준다는 말은 아무나 할 수 있는 거다. 아무리 내가 다급하다고 해도 그런 말장난 같은 조건에는 넘어가지 않아."

"오해하고 있군. 찾으려고 노력한다는 게 아니야. 용의 포효를 넘기면 한 달 안에 쇼크 웨이브 소드를 찾아주지."

"……!"

"물론 그쪽은 여전히 의심할 것 같으니, 주겠다는 약속만 한다면 쇼크 웨이브 소드를 먼저 찾아주겠어."

"……!!"

오늘 하루, 몇 번을 놀라는 건지 알 수 없었다. 헤르쿨은 수현이 정말로 인간인지 의심이 가기 시작했다.

마치 전설에 나오는 악마 같았다. 갑자기 나타나서 모든 걸 안다는 듯 말하는 악마.

"이래도 못 믿겠나?"

"잠시, 잠시 생각할 시간을 달라고."

"좋지. 천천히 생각해."

헤르쿨이 머리를 싸매고 생각에 잠긴 사이, 수현은 천천히 주변을 둘러보았다.

아마 하임켄의 내성이 지어질 때 같이 만들어진 통로 같았다.

'용의 포효는 이번 기회에 가지고 나가야 한다.'

이제 아티팩트 하나에 그렇게 집착하지는 않았지만, 용의 포효는 달랐다. 그건 아티팩트 중에서도 여러모로 별종이었다.

먼저, 용의 포효는 일회용 아티팩트였다. 한 번 사용하면 부서져서 다시는 사용할 수 없었다.

또한, 용의 포효는 사용자의 힘을 필요로 하지 않았다.

'이건 아마 일회용 아티팩트인 것과 상관이 있겠지.'

강력한 초능력을 가진 아티팩트일수록 사용자의 힘을 많이 소모시켰지만 용의 포효는 그렇지 않았다. 그저 발동시키면 끝이었다.

그리고 마지막으로 용의 포효에 담긴 초능력.

'용이 가진 최강의 무기, 드래곤 브레스.'

물론 진짜 용이 뿜어내는 것보다는 그 위력이 약했다.

오크들은 알지 못했지만 수현은 알고 있었다. 이 일회용 아티팩트는 결국 먼 미래에 중국군이 몬스터 토벌에서 사용하게 되니까.

그러나 그래도 일단은 드래곤 브레스였다. 저 정도로 최강의 창은 찾기 힘들었다.

몬스터를 상대할 때 가장 필요한 것은 그 몬스터의 방어를 뚫을 수 있는 공격력이었고, 그런 점에서 드래곤 브레스 같은 초능력은 무조건 필요했다.

'러벤펠트의 마도서는…… 솔직히 불가능에 가깝고.'

러벤펠트의 마도서에는 시간을 다루는 마법은 없어도 드래곤 브레스는 있었다. 조건도 아주 간단했다. 딱 하나만 있으면 됐다.

드래곤 하트.

'개새끼.'

드래곤을 상대하기 위해서 드래곤 브레스 같은 마법이 필요한 거였는데, 정작 그걸 배우려면 드래곤에게서 나온 드래곤 하트가 필요했다. 닭이 먼저냐 달걀이 먼저냐 수준의 모순이었다.

게다가 드래곤 브레스 같은 마법은 배우기도 겁이 났다.

초능력의 위력이 커지면 커질수록 몸의 부담이 커지는데, 아무리 강화 수술을 받아도 드래곤 브레스 같은 걸 사용했다가는 어떻게 될지 알 수 없었다.

최선이 안 된다면 차선으로 용의 포효 같은 편법을 사용해야 했다.

어쨌든, 용의 포효를 이대로 내버려 두면 중국의 손으로 들어갈 터.

수현은 생각했다.

말로크를 챙기면서 생색과 함께 용의 포효를 손에 넣는 것.

이것이 이 상황에서 가장 좋은 계획이라고.

"좋아."

"결정을 내렸나?"

"그래, 쇼크 웨이브 소드를 되찾을 수 있다면 용의 포효를 줘도 아쉽지 않지."

"거기에 하임켄의 균형도 맞출 수 있다는 걸 넣어야지."

"물론 이 모든 이야기는 쇼크 웨이브 소드를 되찾는다는 전제하에 진행되는 거다."

"걱정하지 말라고."

헤르쿨은 이마에 배어난 땀방울을 훔쳤다. 그가 지금 제대로 된 선택을 하고 있는 건지 확신이 서지 않았다.

'용의 포효는 어차피 쓸 일이 없다. 쇼크 웨이브 소드를 되찾을 수 있다면…….'

주변에 오크들의 힘으로 이길 수 없는 강대한 적이 나타났을 때 사용하라고 전해진 아티팩트.

그러나 이제 하임켄 주변에는 중국과 러시아를 제외하면 적이 없었고, 그들은 이런 아티팩트 하나로 물리칠 상대가 아니었다. 헤르쿨은 그들의 저력을 아주 잘 알고 있었다.

그러니 차라리 하임켄 내부의 균형을 맞추고, 신물을 되찾는 것이 나았다.

문제는 과연 수현이 그럴 만한 능력이 되느냐는 것이었다.

'대체 뭘 믿고 있는 거지?'

"이번 일은 아주 간단해."

"응, 절대 간단하지 않을 것 같아."

"이걸 중국 쪽에서 가지고 나왔었지? 이제 곧 여기로 중국인들이 찾아올 텐데, 그 치들 짐에 이걸 잘 넣어주면 돼."

"……"

루이릴은 어이가 없다는 듯이 수현을 쳐다보았다.

"무슨 문제라도?"

"아니, 아니, 다른 건 다 제쳐 놓고서…… 왜? 기껏 가지고 나왔는데!"

"하임켄 오크들 입장에서 생각해 보라고. 우리의 친구 중국인! 하고 좋아하고 있는데 짐에서 도난당한 신물이 나오는 거야. 반응이 어떻겠어?"

"……상상이 가네. 그런데 그게 먹힐까?"

"……?"

"너무 노골적이고 작위적이잖아. 사절로 온 사람들의 짐에서 그런 게 나오다니. 그게 말이나 돼?"

"작위적이어도 반박할 수가 없지. 거기서 어떻게 해명을 하겠어? 다른 놈이 짐에 넣어놨다는 변명밖에 할 수 없는데, 그런 변명이 통할 상황이 아니지. 여기에 계속 다닌 건 중국인들이야. 우리는 처음 온 거라고. '저놈들이 아티팩트를 훔쳐서 이제까지 기다렸다가 우리 짐에 넣었다!'라는 변명이 통하겠어?"

"사악해."

"지능적이라고 해달라고. 그보다…… 짐에 넣더라도 조금 공을 들이긴 해야겠군."

"한국인들이 왔다고?"

"예."

"그걸 그냥 가만히 보고 있었나? 멍청하기는. 협박을 하든 겁을 주든 쫓아냈어야 할 것 아냐! 여기가 한국 쪽 영역인가? 하임켄은 너희 놈들의 도시잖아! 밖으로 나오면 우리 쪽 영역이고. 뭐가 문제여서 그거 하나 처리 못 했어!"

"놈의 실력이 보통이 아니었습니다."

고릭스는 고개를 푹 숙이고 말했다.

"실력이 보통이 아니라니. 용병들이면 당연히 초능력자 정도야 있겠지. 초능력자 처음 보나? 한두 번 상대해 봐? 주변 둘러싸고 위협만 줘도 그 인원을 상대로 덤빌 생각 못 할 텐데?"

초능력자라고 만능은 아니었다. 하임켄처럼 오크들이 우글거리는 도시의 한가운데에서는 더더욱.

포위하고서 위협했을 때 초능력 하나 믿고 덤빌 초능력자는 많지 않았다.

"일반적인 수준을 뛰어넘은 놈이라……."

"어땠는데?"

"10초 안에 저와 제 동료 전부를 제압했습니다."

"……!"

우샹카이는 놀라서 입을 벌렸다. 초능력을 사용해서 상대를 제압하는 건 죽이는 것보다 더 어려운 일이었다. 그런 걸 저렇게 빠르게 했다니.

"그런 놈이 이름이 없을 리가 없잖아. 누군데?"

"김수현이라는 놈인데……."

"뭐? 김수현?!"

뒤통수를 얻어맞아도 이것보다는 충격이 덜할 것이다. 생각지도 못한 이름이 튀어나오자 우샹카이는 당황한 표정을 감추지 못했다.

"그놈이 왜 여기 있어?!"

"유명한 놈입니까?"

"당연히 유명하지. 이런 빌어먹을, 여기는 왜……. 그놈이 여기는 왜 온 거지? 설마 한국 정부의 의뢰를 받고 온 건가?"

인류 최초의 마법사를 그가 모를 리 없었다. 게다가 우샹카이에게는 수현의 이름을 기억할 이유가 하나 더 있었다. 리우 신이 직접 나선 임무에서 그에게 망신을 준 사람이 바로 수현이었던 것이다.

언제나 잘나가는 리우 신은 눈엣가시였고, 그때는 꼴좋다며 낄낄댔지만 설마 이렇게 그에게 부메랑처럼 돌아올지는 몰랐다.

상대가 김수현이라면 같잖은 위협이나 협박 같은 건 당연히 통하지 않을 것이다. 고릭스 패거리들이 엉망진창으로 당한 게 당연했다.

'내가 덤벼봤자 저 꼴이 나겠지?'

우샹카이는 정확하게 상황을 판단했다. 그가 리우 신보다 뛰어난 전투원도 아니었다. 그 전력을 전부 찢어발긴 김수현에게 덤벼봤자 승산은 희박했다.

"저기, 괜찮은 겁니까?"

고릭스는 초조한 목소리로 물었다. 그들이 오면 다 해결될 줄 알았는데, 상황이 뭔가 이상하게 돌아가고 있었다.

그는 상황을 직감적으로 느끼는 눈치만큼은 탁월한 오크였다.

"괜찮아. 놈이라고 해도 여기서 멋대로 행동할 수는 없을 테니까."

처음에는 당황했지만 생각해 보니 그렇게 절망적인 상황은 아니었다. 김수현은 오크들을 죽이지 않고 모두 제압만 했다. 막 나가려고 작정했다면 그러지 않았을 것이다.

'협정 안에서 놀겠다는 거지?'

정면 승부가 아니라 오크들을 설득해야 하는 승부라면 충분히 할 만한 승부였다.

김수현이 무력으로 나서지 않는다면 방법은 하나밖에 없었다.

여기 있는 오크들을 설득하고 말로크를 데리고 가는 것.

김수현은 여기 처음 왔지만 꾸준한 작업을 통해 하임켄 내에서 지지를 얻고 있었다. 그러나 아무리 김수현이 마법사라고 해도 그들의 마음을 한 번에 뒤집을 수는 없었다. 여기 있는 오크들의 마음을 조종하는 마술이라도 부린다면 모를까.

'네가 마법사라고 해도 이건 어쩔 수 없을 거다!'

생각해 보니 이건 오히려 기회가 될 수 있었다. 리우 신을 망신 준 마법사를 상대로 성과를 거두는 기회가.

무력이 아닌 세 치 혀로 결과를 얻어낸다면 그의 평가는 더더욱 올라갈 것이다.

"좋아, 그놈은 지금 어디 있지?"

"중국 측 사절들이 도착하면 모여서 말로크의 처분을 정하자고 했습니다. 지금은 안에서 쉬고 있고요."

"바람 잡을 놈들 확실히 준비해 둬. 가자."

"예? 지금 바로요?"

"이런 건 기다려 봤자 좋을 게 없어. 바로 연락하고 오크들 모아라. 괜히 시간을 주지 말고. 내가 말을 꺼내면 신호 보내. 멍청한 놈들이라 분위기에 금방 휩쓸린다고. 몇 명이 떠들기 시작하면 아무 생각 없는 놈들은 '그런가?' 할 테니까 분위기 잘 잡아."

회의장에 있는 모두가 고릭스의 편은 아니었다. 오히려 고릭스는 적이 뚜렷한 편이었다. 중국을 뒤에 업고 여기까지 올라온 걸 꺼려 하거나 경계하는 오크들도 있었던 것이다. 실제로 부족장만 해도 고릭스의 행동을 그렇게 좋아하지 않았다.

그렇지만 찬성파나 반대파보다 일이 어떻게 굴러가는지 모르고 멍청하게 있는 오크가 더 많았다. 그런 놈들은 대충 적당한 소리와 함께 분위기가 달궈지면 따라오게 마련이었다.

고릭스의 패거리들은 대부분이 젊은 오크였고, 그런 부분에서는 훨씬 유리했다.

"알겠습니다."

"움직여. 이번에는 실패하지 마!"

"물론입니다!"

"으으, 진짜……."

연락이 도착하고 회의가 열리기 전까지의 짧은 시간. 그 짧은 시간이 루이릴에게 주어진 전부였다. 가혹한 조건을 제공한 수현을 속으로 욕하며 그녀는 천장에서 천장으로 이동했다.

투덜거리는 건 나중에 해도 됐다. 중요한 건 지금 해야 할 임무였다. 실패할 경우에는 수현에게 잔소리를 듣는 선에서 끝나지 않을 테니까.

오랜만에 하는 도둑질에 루이릴은 전신의 감각이 예민해지는 것을 느꼈다.

수십 번의 도둑질을 했지만 한 번도 똑같은 도둑질은 없었다. 언제나 도둑질은 상황에 맞춰서 달라지는, 일종의 예술이라고 루이릴은 생각했다.

'두 명. 둘 다 초능력자가 아니기를 바라는 건 무리겠지?'

그냥 짐에 넣는 거라면 일이 훨씬 쉬워졌을 것이다. 그러나 수현은 여기서도 또 한 가지 조건을 달았다.

"사절단 정도면 당연히 호위로 초능력자 팀 하나 정도는 달고 왔을 거야. 정부 소속 호위 팀 같은 경우에는 개개인이 엄청나게 강하지는 않은데, 이걸 아티팩트 같은 걸로 보충할 때가 많거든."

"그래서?"

"작은 장신구 형태의 아티팩트는 보통 몸에 가지고 다니지만, 덩치가 큰 아티팩트 같은 경우에는 일일이 들고 다니진 않아. 게다가 여분의 아티팩트도 몇 개 갖고 다닐 텐데, 그렇다면 그중 분명 사이즈가 어느 정도 되는 아티팩트가 있을 거야. 그걸 찾아서 바꿔치기해."

'안에다 넣으라 이거지?'

루이릴은 침을 삼키며 안을 훑어보았다. 두 명의 중국인이 운송용 로봇 앞에서 하품을 하고 있었다. 딱히 긴장한 상태로 경계를 서고 있는 것 같지는 않았다.

'그나마 다행이긴 한데……'

짐의 보안이 가장 중요했다. 아티팩트를 넣는 보관함은 기본적으로 탄탄한 보안 시스템을 갖고 있었다. 원래라면 보관함째로 갖고 나와서 바꿔치기를 했겠지만 상황이 여의치 않았다.

'좋아, 해보자.'

다행히 그녀는 혼자가 아니었다.

"너 이 새끼! 네가 감히!"

"어쩔 건데! 어!"

고르간과 모고크는 어색한 표정으로 서로의 멱살을 붙잡고 외쳤다. 루이릴은 둘에게 손짓하며 재촉했다.

"제대로 안 하면 수현한테 말한다?"

"으…… 가르나는 내 여자다! 너 같은 놈한테는 절대 줄 수 없어!"

"이 자식이?!"

쾅! 쾅!

두 오크는 중국인들이 머무르는 곳 앞에서 시끄럽게 소란을 벌였다.

안에서 보초를 서던 두 명은 얼굴을 찌푸리며 참았지만 몇 분 동안 계속 시끄럽게 떠들자 결국 밖으로 나왔다.

"조용히 좀 해라! 여기는 중국 사절단이 머무르는 곳이다!"

"죽여 버리겠다! 가르나를 내놔!"

"할 수 있으면 해봐!"

두 오크의 치정극에 중국인들은 당황한 표정으로 서로 쳐다보았다. 마음 같아서야 바로 제압하고 싶었지만 조금 있으면 회의인데 괜히 오크에게 손을 대고 싶지는 않았다.

"이봐, 좀 진정하고……."

쿠당탕―

고르간은 눈을 질끈 감고 모고크를 덮쳤다. 둘은 엉켜서 서로 멱살을 잡고 투닥거렸다.

그사이 루이릴은 안쪽으로 텔레포트했다.

'시간이 별로 없어……!'

가장 먼저 찾아야 하는 것은 적당한 크기의 보관함.

다행히도 바로 찾을 수 있었다. 수많은 아티팩트를 절도한 루이릴은 보자마자 알 수 있었다.

'창 형태의 아티팩트구나.'

찾은 이상 중요한 건 외형이 아니었다. 보안 형태였다.

건물이나 금고 안에서 보관하는 거라면 홍채 인식부터 시작해서 복잡한 과정을 거쳐야 하지만, 들고 다니는 보관함은 비교적 보안 해제 과정이 간단했다.

'지문 인식!'

루이릴은 빠르게 짐을 훑어보며 장비를 꺼냈다. 가루를 뿌리고 주변에 남은 지문을 채취하기 위해서였다.

대부분의 사람은 이런 보관함 하나만 갖고 있으면 도난을 방지할 수 있다고 생각했다. 그러나 그건 멍청한 생각이었다.

'제일 많은 지문이…… 이거다!'

10초도 걸리지 않아 루이릴은 지문을 채취해서 본을 떴다. 사람의 살갗과 비슷한 재질로 만들어진 본이 보관함의 인식 칸에 들어갔다.

달칵-

예상대로 투박한 창이 나왔다. 루이릴은 바로 쇼크 웨이브 소드와 바꿨다. 공간이 넉넉했기에 이런 일이 가능했다. 잠깐 한눈을 판 사이 흔적도 남기지 않고 일을 처리한 솜씨는 가히 신기에 가깝다고 할 수 있었다.

"진정하라니까!"

"내가 지금 진정하게 됐어?!"

'아직 시간이 있나 보네?'

바깥의 상황을 소리로 파악하자 마음의 여유가 돌아왔다. 루이릴은 천천히 주변을 둘러보았다. 도둑의 본능이 그녀를 부른 것이다.

'더 가져갈 거 없나?'

루이릴도 지금 상황은 알고 있었다. 잘못 가져갔다가는 오히려 역풍을 맞을 수 있었다. 가져가도 티가 나지 않는 그런 게 필요했다.

그녀의 눈에 들어온 것은 디스크였다.

루이릴은 싱글벙글 웃으며 품속에서 휴대용 데이터 칩을 꺼냈다. 데이터 방벽을 뚫고 자동으로 복사해서 안으로 옮겨

주는 편리한 물건이었다.

이종족 도둑이라고 하면 고전적인 방식만 선호할 것 같은 이미지가 있었지만, 루이릴은 첨단 기술을 사용하는 데 아무런 거부감이 없었다. 그리고 그녀는 인간들이 이런 디스크에 매우 중요한 데이터를 넣어놓고 다닌다는 걸 잘 알고 있었다.

작업은 끝났다. 그녀는 빼내온 데이터에 탐나는 보물의 정보가 담겨 있길 바라며 신호를 보냈다.

"그래, 내가 포기하마. 가르나는 네가 행복하게 해줘라."

"너⋯⋯!"

두 오크는 뜨겁고 어색하게 포옹했다. 중국인들은 감동한 표정으로 박수를 쳤다. 왜 저렇게 싸운 건지 정확히는 몰랐지만 둘의 싸움에는 남자의 가슴을 뛰게 하는 무언가가 있었다.

"다시는 하고 싶지 않다."

"그건 나도 마찬가지야."

둘은 어깨동무를 하고 나오면서 투덜거렸다. 루이릴이 임무를 완벽하게 해냈다는 것만이 위안이었다.

쾅!

"말로크의 마을을 학살한 게 누굽니까? 한국 쪽 인간입니다!"

"그래서 책임을 확실하게 하기 위해 데려간다고 하지 않았나? 엉뚱한 놈이 누명을 썼고, 그걸 제대로 돌리려면 증언이 필요하다. 그 과정에서 자연스럽게 처벌은 이뤄지겠지."

"그걸 우리가 어떻게 믿나!"

"못 믿겠으면 대표를 세워서 참관해라. 법정에서 공정하게 일이 돌아간다는 걸 보여주지."

"시끄럽다!"

큰소리를 낸 고릭스가 수현과 눈이 마주쳤다. 수현의 타오르는 눈동자를 마주 본 그는 헛숨을 들이켜며 무심코 뒤로 물러섰다.

수현이 이 자리에서 자신을 어떻게 할 수 없다는 걸 알고 있음에도 불구하고 겁이 나는 건 어쩔 수가 없었다. 그건 본능적인 두려움이었다.

"대족장님, 애초에 이런 협상 자체가 말도 안 되는 짓이었습니다. 못 믿을 인간 놈들한테 생존자를 맡긴다니요!"

"그러면 중국인들은 믿을 수 있나?"

헤르쿨은 작은 체구에도 흔들리지 않는 목소리로 말했다. 자리에 앉아 있는 중국인들의 시선이 날카로워졌다.

"아니, 그게 무슨 소리이십니까! 중국인들을 믿을 수 없다니!"

"아, 이건 오해하지 말고 들어주시죠."

헤르쿨은 우샹카이를 쳐다보며 말했다. 우샹카이는 일부러 불만스러운 듯이 탁자를 두드리며 소리를 만들었지만 헤르쿨은 모르는 척했다.

"중국인들을 못 믿는 건 아닙니다. 우리가 함께한 시간이 얼마인데요. 다만 인간은 언제나 우리한테 경계의 대상이었고, 그건 지금도 달라지지 않았다는 점입니다."

"그건 좀 마음이 아프군요. 저희가 언제 그렇게 무례한 짓이라도 했습니까?"

"굳이 예시를 들어 달라니……. 저희 신물이 도난당한 것도 인간들이 주변에 돌아다녔을 때였습니다. 수백 년 동안 도난당하지 않던 게 인간들과 접촉한 지 얼마나 됐다고 감쪽같이 사라졌죠."

"그게 우리 잘못이라는 겁니까?"

여기서 밀린다면 사절의 자격이 없었다. 어차피 증거는 없었다. 잡아떼면 그만이었다.

"그때 있던 건 우리뿐만이 아니었습니다."

"알아요, 압니다. 그때는 러시아인들도 있었고 중국인들도 있었고……. 덕분에 유야무야됐죠. 하지만 사실은 하나입니다. 인간 중에서 도둑이 있다는 것. 이것도 부정하시지는 못하겠죠."

"……."

"그러니 인간들을 경계하는 제 마음을 이해해 주시길 바랍니다."

"예, 알겠습니다. 그래도 이번 상황만 본다면 저희 쪽이 훨씬 더 믿음직스러울 텐데요."

"글쎄요."

"대족장님, 상황을 똑바로 보셔야 합니다! 저놈들이……. 컥!"

"……?!"

열변을 토하던 고릭스가 날아갔다. 벽에 부딪혀서 널브러진 그를 보고 우샹카이가 눈을 크게 떴다.

'이게 대체 무슨 상황이지?'

수현이 손을 펼치고 일어서 있었다.

"대화로는 끝이 안 날 것 같군."

"미, 미, 미친 거냐?"

"뭐가?"

"지금 네가 무슨 짓을 하고 있는지 알고 있는 거냐!"

"알고 있어. 중국 측에서 공식적으로 보낸 사절단을 공격하려고 하고 있지. 뒤에서 관리하는 비밀 부대도 아니고. 이게 알려지면 좀 귀찮아지겠지?"

"알면서 이런다고?"

"그야 전부 죽이면 그만이니까. 증인도 없고. 괜찮은 방식이지."

"무, 무슨……."

우샹카이는 등골이 오싹해졌다.

생각해 보니 수현에게는 이런 방법이 있었다. 뒷감당할 수 있냐 없냐는 제쳐 놓고서 그가 무력으로 나선다면 우샹카이는 막을 방법이 없었다!

'빌어먹을, 너무 안일했다!'

"막아! 나를 지켜!"

우샹카이의 외침에 뒤에서 대기하고 있던 초능력자들이 기계적으로 움직였다. 훈련받은 이들이었기에 생각 이전에 몸이 먼저 움직인 것이다.

그들의 얼굴에는 긴장한 기색이 가득했다. 그들도 수현의 이름을 들어서 알고 있었기 때문이었다.

"나를 지켜라!"

수현의 염동력은 악명이 높았다. 제대로 방어하지 못한다면 시선이 닿는 순간 즉사하는 것이나 마찬가지였다.

초능력자 셋이 아티팩트를 사용해 앞에 방벽을 쳤다. 에너지와 염동력으로 만들어진 방벽이 홀을 갈랐다.

"아티팩트 모두 꺼내!"

"화력이 필요해. 폭렬창, 폭렬창 갖고 와!"

그들은 이를 악물고 움직였다. 수현을 상대로는 1초가 아까웠다. 부디 수현의 염동력이 부수는 게 자신이 아니라 다른 사람이기를 바라며, 그들은 수현을 상대하기 위해 움직였다.

'염동력을 뚫으려면……!'

남자는 초조한 마음으로 지문 인식 칸을 연타했다. 보관함이 거칠게 열리고, 안에서 폭렬창이…….

"……?"

중국 측 초능력자는 그가 들고 있는 게 폭렬창이 아니라는 걸 처음에는 바로 깨닫지 못했다.

"어?"

"저게 뭐야?"

인간들의 싸움을 일단 물러서서 지켜보던 오크들 사이에서 의문에 찬 목소리가 새어 나왔다. 그들이 초능력자가 들고 있는 게 무엇인지 모를 리 없었다.

예전에 사라진 하임켄의 신물.

쇼크 웨이브 소드였다.

짝, 짝―

그제야 방벽 너머로 수현이 보였다. 수현은 피식 웃으면서 그들을 향해 박수를 치고 있었다.

**37장
기습**

'당했다!'

우샹카이는 머리를 세게 후려 맞은 것 같은 느낌을 받았다. 침착하게 생각해 보면 무언가 이상하다는 걸 눈치챌수 있었을 것이다. 아무리 수현이 막 나간다고 하더라도이 모든 오크 앞에서 그들을 죽이고서 비밀을 유지할 수는없었다.

그러나 마법사라는 이름과 수현이 했던 일들이 공포를 증폭시켰다. 일단 목숨을 부지하기 위해 행동했던 일들이 지금그들의 발목을 잡고 있었다.

'그런데 대체 저건 어떻게 나온 거냐!'

수현한테 당했다는 건 알 수 있었지만 쇼크 웨이브 소드가 그들의 아티팩트를 보관하는 곳에서 나왔다는 건 도저히 이해가 가지 않는 상황이었다. 그들도 예전에 도난당한 물건 아닌가.

'뭐지? 설마 오크들이 다시 훔친 다음 시치미를 떼고 있었나? 그렇다면 헤르쿨이 사전에 짠 건가? 그게 아니라면……'

순식간에 몇 가지 생각이 우샹카이의 머릿속을 스치고 지나갔지만, 그 생각은 곧바로 깨졌다. 성난 오크의 외침이 그의 정신을 일깨운 것이다.

"저놈이 우리의 신물을 갖고 있다!"

"아, 아니…… 그게 아닌데……"

초능력자들이 살기를 눈치채지 못할 리 없었다. 주변에 있던 오크들이 적개심에 가득 찬 눈빛으로 그들을 노려보고 있었다.

수현은 거기에 기름을 부었다. 그는 쇼크 웨이브 소드를 가리키며 말했다.

"봐라, 이게 이놈들의 정체다! 앞에서는 친한 척을 하지만 뒤에서는 무슨 짓이든지 할 수 있지. 이런 꼴을 보고서도 저놈들을 믿겠다는 놈이 있으면 나와라!"

수현의 목소리에는 주변의 오크들을 설득하는 힘이 있었다. 그는 빠르게 말을 이어 나갔다.

"저런 놈들에게 동족을 맡길 수 있나?"

"물론 아니다!"

"하임켄이 신물을 잃어버리고 얼마나 애타게 되찾았는지 알고 있겠지. 그동안 저놈들은 뻔뻔하게 모르는 척을 하고 있었다!"

"닥쳐라! 거짓말이다! 저놈의 말을 믿지 마!"

"거짓말이라니. 그러면 지금 네 부하 손에 들린 아티팩트는 뭐냐?"

수현은 노골적으로 우샹카이를 비웃었다.

"너희가 하임켄의 오크들한테서 아티팩트를 훔쳤다는 이야기를 들었다. 뻔뻔스럽게 그걸 갖고 다닌다는 것도. 혹시나 해서 몰아붙여 봤는데 바로 바닥을 드러내는군. 비열한 놈들!"

"말도 안 되는! 그걸 우리가 훔쳤으면 왜 갖고 다니겠나! 오해다!"

수현이 뭐라 말하기도 전에 다른 오크의 외침이 터져 나왔다. 그것을 기점으로 누가 먼저라고 할 것도 없이 우르르 떠들어 댔다.

"대검을 뺏어!"

"그 칼 내려놔라, 이 개자식들아!"

"이, 이거……."

중국인들은 분위기가 심상치 않게 흘러간다는 걸 깨닫고

당황했다. 이종족을 잘못 대했다가 공격당하는 게 드문 일은 아니었지만, 설마 하임켄 같은 도시에서 그런 일을 당할 거라고는 상상치도 못했다.

"모두 진정해라!"

충돌이 일어나기 직전 말린 것은 헤르쿨이었다. 헤르쿨의 외침에 오크들은 일어서려던 동작 그대로 멈췄다.

"여기가 어디라고 소란을 피우겠다는 거냐!"

방금 중국인들을 상대로 난리를 피우려고 했던 수현은 겸연쩍은 표정을 지었다.

"하지만 대족장님……."

"우선 어떻게 된 건지 듣는다. 화를 내는 건 그 이후에 해도 늦지 않아!"

"……."

오크들은 노골적으로 싫은 기색을 드러내며 자리에 다시 착석했다.

그걸 본 고릭스와 그의 패거리들은 당황했다. 다른 오크들의 분위기가 이상했다. 어지간한 선동으로는 씨알도 먹히지 않을 분위기였다.

"우샹카이 씨, 설명을 듣고 싶군요."

"그러니까, 그게…… 함정입니다!"

"함정이라고요?"

"냉정하게 생각해 보십시오. 우리가 이걸 훔쳤다면 설마 이걸 들고서 하임켄에 왔겠습니까?"

"글쎄. 그럴 수도 있겠다는 생각이 드는군요. 쇼크 웨이브 소드는 강력한 아티팩트니까 우리한테 들킬 위험성이 있다고 하더라도 만약의 상황을 대비해서 들고 다닐 수 있겠죠. 목숨은 소중하니까 말입니다."

방금 일어난 상황에서 대응한 것 때문에 우샹카이는 꿀 먹은 벙어리가 되었다.

헤르쿨은 차분함과 냉정함을 유지한 채 공격을 이어 나갔다.

그도 지금 상황이 이상하다는 건 알고 있었다. 수현이 호언장담을 한 이후 중국인들의 짐에서 이런 게 나오다니. 그러나 지금은 이 상황을 이용할 때였다. 의문은 나중에 풀어도 됐다.

"아, 그게 아니면 우리한테 들킬 거라고는 생각도 하지 않았을 수도 있겠군요. 우리는 한 번도 여러분의 짐을 뒤지거나 한 적이 없었으니까."

"우리를 얼마나 만만하게 봤으면……!"

"쳐 죽일 놈들!"

"헤르쿨 님! 지금 크게 오해하고 있는 겁니다!"

"오해라니. 그쪽이야말로 지금 상황을 제대로 이해하고

있는 거 맞습니까? 어떻게 해야 지금 상황에서 함정이라고
우길 수 있습니까? 쇼크 웨이브 소드가 도난당한 지 얼마나
지났는지 아시죠? 이게 만약 함정이라면, 여기 한국인들이
그 당시에 자리에 없었는데도 어떻게든 쇼크 웨이브 소드를
훔쳐서 잘 갖고 있다가 여러분이 여기 올 때까지 기다린 후
여러분 짐에 몰래 넣어놨다는 게 됩니다."

'……!'

사실 거의 맞혔다. 수현은 속으로 놀라움을 감추었다.

"대답해 보십시오. 그게 말이 됩니까!"

"……."

우샹카이는 이를 악물었다. 여기서 더 억지로 버텨봤자
꼴만 추해졌다. 지금은 물러설 때였다. 그는 수현을 노려보
았다.

'이 개자식. 오크들과 무슨 비밀 협정을 맺었는지는 모르
겠지만 절대로 가만두지 않을 것이다!'

'뭘 그렇게 노려봐? 패배자 주제에.'

우샹카이의 상상력으로는 제3의 도둑이 쇼크 웨이브 소드
를 우연히 훔친 다음 우연히 수현의 밑에 들어갔으리라고는
상상할 수 없었다. 그는 헤르쿨이 하임켄 내의 친중파를 몰
아내기 위해 이런 수작을 꾸몄다고 생각했다.

'개 같은 오크 놈. 순진한 척하면서 뒤로는 그런 짓을 꾸몄

단 말이지? 누가 훔쳐갔나 했더니…….'

우샹카이는 고개를 떨궜다. 말로크를 누가 데리고 갈지 결정된 순간이었다.

🐉

"대체 어떻게 한 거지?!"

"무슨 소린지 모르겠는데."

"시치미 떼지 마라! 쇼크 웨이브 소드, 네가 한 짓이 분명해!"

"지금 하임켄의 부족장이 증거도 없이 사람을 멋대로 범죄자로 몰고 있다고 생각해도 되는 건가?"

"아, 아니 그게 아니라……."

"국제 법정에 설 각오를 하고 중국인들을 흔들어서 신물을 되찾아줬는데, 은혜도 모르고……. 실망이 크군."

"보상은 약속한 대로 줄 거다!"

수현의 태도에 헤르쿨은 캐묻는 걸 포기했다. 어떻게 된 건지 정말로 궁금했지만 지금 저 태도를 보니 제대로 대답해 줄 가능성은 없을 것 같았다.

어쨌든 그도 목적은 달성한 셈이었다. 반신반의했지만 정말 혓바닥 하나로 중국인들을 파렴치한 도둑놈들로 만든 것이다. 저런 상황을 겪었는데도 그들을 지지할 오크들은 없었다.

"우샹카이는 뭐 하고 있지?"

"자기네 건물에 있네. 어차피 이걸로 뭘 할 수는 없어. 중국 쪽에서는 기껏 유감이라며 사과 몇 마디 하고 끝나겠지. 예전에도 그랬으니까."

"그것까지 내가 어떻게 해줄 수는 없어."

"나도 알고 있다. 그리고 그런 걸 바라고 말한 것도 아니고."

헤르쿨은 조심스럽게 석실의 문을 열고 안으로 들어갔다. 유적지에 대한 경험이 풍부한 수현은 이 석실이 함정으로 가득 차 있다는 걸 금세 알아차릴 수 있었다.

"내가 발을 디딘 곳만 밟고 따라와. 죽고 싶지 않…… 아니, 생각해 보니 너는 함정을 밟아도 죽지는 않겠군."

"사람을 뭐로 생각하는 거야?"

스르륵―

헤르쿨은 손을 뻗어 안쪽의 선반에서 무언가를 꺼냈다. 그는 얼굴을 찡그리며 그걸 수현에게 내밀었다. 짙은 청록색으로 칠해진 금속 통이었다. 다만…….

쿵, 쿵, 쿵―

통 안에서 심장 박동이 들린다는 점이 특이했을 뿐.

밀봉된 원형 금속 통 안에 무엇이 들어 있는지 짐작이 갔다.

"선조께서 용서해 주시기를."

"죽은 사람은 아무것도 못 해. 쓸데없는 기도는 하지 말라고."

수현은 통을 쓰다듬으며 안에서 들리는 박동을 느꼈다.

용의 포효가 담긴 이 아티팩트는 일회용인 대신 사용자에게 부담을 주지 않는다. 과거에 중국군이 사용했을 때, 최지은은 이렇게 말했었다.

"아마 아티팩트 안에 초능력 사용의 대가를 담당하는 무언가가 있지 않았을까? 그걸 보충하는 게 불가능하니 일회용인 거고."

'그게 심장이었나? 살짝 소름 끼치는군.'

어떤 원리와 기술로 이런 걸 만들었는지는 수현이 알 수도 없었고, 알 필요도 없었다. 중요한 건 활용 방법이었다.

수현은 품속의 구슬을 만지작거렸다.

'이걸로 만들 수 있을까?'

용의 포효는 일회용이라 사용하기에 너무 아까운 물건이었다. 그래서 수현은 어떻게 하면 지속적으로 쓸 수 있을까 고민했고, 거기에 대한 답으로 나온 건 구슬이었다. 초능력을 저장하는 구슬.

문제는 용의 포효가 만만한 물건이 아니라는 점이었다. 만약 잘못되어서 구슬이 깨지고 용의 포효도 써버리게 되면 속이 만만찮게 쓰릴 것이다.

'그래도 안 할 수는 없으니까……'

구슬에 담은 이후에는 부담을 사용자가 져야 했다. 그것도 문제지만 일단 담는 것 자체가 가능할지 걱정이었다.

"고마워. 잘 쓰지."

"나도 마찬가지로 고맙다. 그리고…… 내 부하들이 네 동료에게 한 짓은 다시 한번 사과하지."

둘은 굳게 악수했다. 서로가 원하는 것을 얻은 거래였다.

"괜찮나, 고르간?"

"예?"

"표정이 말이 아니군. 고릭스라는 놈 때문인가?"

"아닙니다. 괜찮습니다."

"도움이 필요하면 말하라고."

"예."

고르간은 고개를 끄덕이며 감사를 표했다. 일이 틀어지자 고릭스는 그를 찾아와서 간절히 부탁했다.

"형님, 제발 도와주십쇼!"

"내 동생은 예전에 죽었다. 저리 꺼져라!"

"그깟 마을 하나 때문에 동생을 버리실 겁니까? 어차피 내버려 뒀어도 사라졌을 마을입니다!"

"한 번만 더 말하면 여기서 네 머리를 쪼개주마."

"부족의 유물도 멋대로 가져가서 놓고, 저한테 이러시면 안 됩니다!"

대화는 고르간이 도끼를 빼 드는 것으로 끝났다. 고릭스는 욕설과 함께 도망쳤다. 고르간은 입술을 꿈틀거리며 주먹을 움켜쥐었다.

'차라리 붙었으면 속이나 시원했겠군.'

하임켄 내에서 입지가 많이 좁아졌을 것이다. 앞으로 고릭스가 무슨 짓을 하고 다닐지 짐작도 가지 않았다.

"이봐, 굳이 그렇게 거리를 두고 움직일 필요 있나? 같이 움직이지그래."

"……."

우샹카이는 수현의 부름을 무시하고 대답하지 않았다. 지금 그들은 거리를 두고서 하임켄의 산맥을 따라 이동하고 있었다. 수현 때문에 단단히 피해를 본 우샹카이는 거리를 벌리고 움직였다.

"속 좁은 놈이군."

"굳이 도발하실 것까지야 있습니까? 안 그래도 이번에 원한을 많이 샀을 텐데……."

"마법사라는 걸 알렸을 때부터 이미 각오했어. 할 만하니까 정보를 공개한 거지."

이미 리우 신의 일을 망친 것으로 수현은 중국 정부의 블랙리스트에 올랐을 것이 분명했다. 게다가 마법사라는 사실까지 공개했으니 더더욱.

그렇지만 상관없었다. 정면에서 군대를 끌고 오면 모를까 뒤에서 몰래 부리는 수작은 상대가 누구든 이길 자신이 있었다.

"그 정도도 두려워해서는 더 올라가지 못해. 마음을 단단히 먹으라고."

"예."

퍽!

둔탁한 소리가 울려 퍼졌다. 수현의 염동력 보호막 위로 탄환이 박히는 소리였다. 탄환은 염동력 보호막을 찢고 들어가 말로크의 어깨에 박혔다.

"……!"

집중하지 않은 상태에서 본능적으로 작동시킨 데다가 수현 본인을 노린 탄환이 아니라서 염동력을 뚫을 수 있었다.

수현은 욕설과 함께 말로크를 붙잡고 앞에 섰다.

"저격이다! 엎드려!"

다행히 엉클 조 컴퍼니의 대원들은 대부분이 군인 출신이었다.

그들은 바로 운송용 로봇을 엄폐물로 삼아 엎드렸다. 몇몇 허둥거리는 이를 붙잡아서 엎드리게 하는 것은 물론이었다.

픽! 퍼픽! 픽!

이후로 몇 발이 더 박혔지만 이미 수현이 집중하고 있는 상황에서 탄환으로 방어를 뚫는 건 무리였다. 저격수도 그걸 알아차린 것 같았다. 더 이상 총탄이 날아오지 않았다.

"괜찮나?"

"으, 예⋯⋯."

수현은 바로 말로크를 치료했다. 운이 좋았다. 염동력 때문에 빗나가지 않았으면 머리가 날아갔을 수도 있었다.

'어떤 개새끼가⋯⋯!'

수현의 눈동자가 분노로 타올랐다. 그는 바로 원견을 켜 저격수가 있을 법한 저격 포인트를 확인했다. 완전히 위장하고서 움직이는 저격수와 그 주변의 인간들이 보였다.

'용병?'

움직이는 모습이 군인 같지는 않았다. 사냥꾼이나 용병 같았다. 그리고 한 무리가 아니었다. 더 있었다.

'곳곳에 매복을? 점점……'

수현은 앞에서 가고 있는 우샹카이를 쳐다보았다.

총격을 확인한 중국인들도 방어 태세에 들어가 있었다. 납작 엎드려 있다가 수현과 눈이 마주친 우샹카이는 그 타오르는 눈동자에 놀랐다.

거기서 느껴지는 뜻은 하나였다.

'네가 했냐?'

목숨의 위협을 느낀 그는 본능적으로 손을 흔들며 외쳤다.

"내, 내가 한 거 아니야!"

말을 하고서 우샹카이는 얼굴을 붉혔다. 그가 얼마나 부끄러운 짓을 한 건지 바로 깨달은 것이다.

'젠장!'

수현의 이름이 아무리 드높아도 그렇지, 한두 번도 아니고 계속 이렇게 멍청한 짓을 하다니. 옆에서 그를 황당하게 쳐다보는 부하들의 눈빛이 따가웠다.

"공격이 잦아졌군. 모두 섣불리 움직이지 마라."

수현은 성큼성큼 중국인들이 방어하고 있는 곳에 다가갔다. 멀리서 날아오고 있는 공격은 안중에도 없는 태도였다.

"다가오지 마!"

초능력자 중 한 명이 날카롭게 외쳤지만 수현은 그를 무시하고 우샹카이를 보며 물었다.

"네가 한 게 아니라고?"

"그…… 그렇다."

"정말로? 지금 이곳에서 이런 걸 할 수 있는 게 얼마나 된다고?"

"정말로 아니다! 우리가 이런 걸 계획했다면 이런 상황에서 일을 벌이겠나!"

그 와중에도 습격자들은 거리를 벌리고 있었다. 속도를 봤을 때 도망치는 게 아닌, 다른 포인트로 이동하는 것 같았다.

'당황한 것 같지는 않고……. 아직 더 노리고 있는 게 있나 보군.'

"이봐, 듣고 있나! 우리가 한 게 아니라고!"

"알겠어. 믿어주지."

"후……."

"대신 합류하자고."

"뭐라고?"

"그쪽에서 계획한 게 아니라면 우리와 합류해서 같이 움직여도 문제 될 게 없을 텐데? 이런 상황에서 같이 움직이지 못할 이유라도 있나?"

"그런 건 없지만……."

"좋아, 그러면 같이 움직이지!"

우샹카이가 뭐라고 하기도 전에 수현은 빠르게 이야기를

끝내 버렸다. 이런 건 기세가 중요했다. 상황을 틈타 반박하지 못하도록 끝내 버리면 더 이상 말할 수 없었다.

'그나저나 중국인들이 보낸 건 아닌가?'

우샹카이는 정말로 모르는 기색이었다. 만약 그가 알고 있었다면 그의 말대로 거리를 이 정도로 두지도 않았을 것이고, 기습을 당했을 때 저렇게 당황하지도 않았을 것이다.

물론 중국 내에서 서로 모르게 계획이 진행되기도 하지만 이번 일이 그럴 것 같지는 않았다. 하임켄에서 작업하고 있는 담당자를 두고 일을 벌이는 건 가능성이 희박했다.

'그렇다면 누구지?'

여기까지 와서 습격을 준비할 필요가 있고, 그럴 만한 능력도 있는 놈.

"……이런 젠장."

공교롭게도 바로 떠오르는 이름이 있었다.

"수고하셨습니다."

"어, 그래. 개발계획국 쪽에서는 뭐라디?"

"그놈들이야 언제나 같은 소리죠. 고맙고 고맙다. 우리만큼 든든한 팀도 없다."

"입에 발린 소리는 잘도 해요. 뒤로는 마법사를 따로 키웠으면서 말이야. 그 마법사 놈 말이야. 혹시 드래곤 슬레이어 프로젝트 때 정부에서 빼돌린 거 아니야? 실종되었다가 멀쩡히 돌아온 게 너무 수상한데."

"에이, 설마요. 마법사라는 걸 미리 알고 있었으면 정보가 안 샜을 수가 없죠."

"그렇긴 하지. 어쨌든 드래곤 덕분에 장사가 아주 잘된다. 경쟁자들이 싹 갈려 나가서 속이 시원하네."

주원준은 고개를 움직여 굳은 어깨를 풀며 말했다.

지금 그들은 개발계획국 측의 의뢰를 해결하고 돌아온 상태였다.

드래곤 슬레이어 프로젝트에 참가하지 않은 건 우연으로 인한 어쩔 수 없는 선택이었지만, 그 우연 덕분에 그들은 톡톡히 덕을 보고 있었다.

"여기, 시키신 거 해서 왔습니다."

"그래, 그래……. 어? 이 새끼들. 하임켄은 왜?"

"알타라늄 산지 조사 목적이라는데요?"

"너는 대가리를 장식으로 달고 다니냐? 마법사나 되는 놈이 왜 알타라늄 산지를 조사하러 직접 움직여?"

수현이 주원준을 싫어하는 것만큼 주원준도 수현을 싫어했다. 처음 만남도 그렇고, 쏠쏠하게 부려먹던 서강석을 데

려간 데다가 지금은 그가 뛰어넘어야 할 가장 큰 장애물이
되어 있었다. 더욱이 마법사라는 특권에 정부와의 친밀도
까지.

수현은 빈틈이 보이지 않았지만 주원준은 일단 뒷조사를
시도했다. 무언가 함정을 파려고 해도 기회부터 찾아야 하
니까.

그런데 대신 돌아온 건 수현이 하임켄으로 떠났다는 사실
이었다.

"별거 아닌 것 같은데요. 신경 쓸 이유가 있습니까?"

퍽!

"커헉!"

"모르면 닥치고 있어. 하임켄……. 하임켄. 그래, 중국 쪽
연줄을 활용해야겠군."

별 기대를 하지 않고 연락했지만 하임켄에서 들려온 사실
은 주원준의 안색이 변할 정도로 충격적이었다.

'오크 학살 사건의 생존자가 하임켄에 있다고?!'

게다가 김수현은 그 생존자를 데려오기 위해 하임켄에 간
상황. 그와 정부의 관계를 생각했을 때, 이건 아무리 봐도 정
부 쪽에서 무언가 사건의 수상함을 눈치채고 조사를 위해 사
주한 게 분명했다.

주원준은 설마 김수현이 미래에서 돌아왔기 때문에 먼저

그를 밟으려고 한다고는 상상치도 못했다.

"개발계획국 놈들, 겉으로는 그렇게 굽신거리면서 뒤로는 개수작을 부려?!"

"어, 어떻게 합니까?"

"뭘 어떻게 해! 반드시 막아야 해. 놈이 여기로 돌아와서 증언이라도 한다면 일이 커진다!"

주원준과 예전부터 같이 일했던 팀원들은 오크 학살 사건에 책임이 있는 이들이었다. 사건의 전모가 드러나고 주원준이 체포되면 그들도 무사하지는 못한다.

"어떻게 막죠?"

"놈들은 아직 하임켄에 있다며? 중국인들 덕분에 시간은 충분하다. 부를 수 있는 놈들은 모두 불러."

용병들이나 사냥꾼들이 모두가 도덕적인 일만 하는 건 아니었다. 돈만 쥐여준다면 불법적인 일도 해줄 수 있는 이들이 더 많았다.

"그런데…… 놈은 마법산데……."

"마법사라고 안 죽냐! 지금 상황이 이해가 안 돼? 너 이 새끼, 같이 사이좋게 평양의 지하감옥에서 평생 썩고 싶어?"

"아, 아닙니다!"

부하가 이 상황에서도 마법사에 대한 근거 없는 두려움을 품고 떨자 주원준은 그에게 욕설을 퍼부으며 따귀를 날렸다.

"잘 들어라. 마법사 놈은 상대할 필요 없다. 생존자! 오크 생존자만 노려! 그놈만 죽으면 된다."

만약 증거가 잡혔다면 이미 그들은 체포됐을 것이다. 그러지 않고 저렇게 하임켄에 생존자를 찾기 위해 보냈다는 건 아직 수사 단계임이 분명했다.

그렇다면 입을 막아버리면 됐다. 죽은 놈은 말이 없었으니까.

"알겠냐! 마법사 놈한테 겁먹지 마! 그놈도 사람이다. 심지어 그놈하고 싸울 필요도 없어! 어떤 방법을 써서든 그놈의 발을 묶은 다음 오크 놈 대가리만 날려 버려!"

주원준은 빠르게 움직였다. 신분을 숨기고 고용한 용병들과 사냥꾼들이 주 전력이 되어주었다. 그들에게는 한 가지 말이면 충분했다.

"오크 목을 가져와라! 성공만 하면 1,000만 달러다!"

그들의 눈이 뒤집히기에 충분한 액수였다. 인생 역전이 가능한 금액. 게다가 그들은 상대가 누군지도 알지 못했다. 의욕적으로 덤빌 수밖에 없었다.

'말로크를 먼저 노린 걸 보면 아무리 생각해도 주원준이 수상하다.'

수현이 아니라 말로크를 먼저 노릴 만한 놈은 주원준밖에 없었다. 원견에는 잡히지 않았지만 주원준이라면 이 정도 인원들을 고용해서 기습에 나설 능력이 충분히 됐다. 돈이야 원래 넘쳐 나는 놈이었으니.

어쩐 일인지 공격이 잠잠해졌다.

그 틈을 타 수현의 팀은 중국인들과 합류했다.

"어떻게 된 겁니까? 도망친 걸까요?"

"아니, 여기까지 올 놈들이 그거 실패했다고 도망치지는 않겠지. 아마……."

수현은 냉정하게 생각에 잠겼다.

만약 그가 대기하고 있다가 누군가를 잡으려고 한다면?

"여기쯤?"

콰콰쾅!

저 멀리, 앞의 길가에서 폭발이 일어났다. 수현이 염동력으로 후려치자 자극을 받은 대몬스터 지뢰가 작동한 것이다. 어마어마한 위력의 폭발이 일어났지만 아무도 피해를 받지 않았다.

"……!"

"저 새끼 뭐야?!"

아직도 상대방이 누군지 모르는 용병들은 수현이 설치된 함정들을 순식간에 해체시켜 나가는 걸 보고 기가 막혀서 외쳤다.

처음 저격을 방어 계열 초능력으로 막았을 때는 아쉬웠지만 다음 함정에서 처리할 수 있다고 생각했었는데, 저놈을 내버려 두면 함정이 모두 해체될 것 같았다.

"어쩌지?"

"으음……."

이 자리에 모인 놈들은 목표물을 처리했을 때 현상금을 나누기로 했었다. 그러나 그건 함정으로 처리했을 때 이야기고, 직접 가서 목을 땄는데 현상금을 나눠 줄 정도로 멍청한 놈은 없었다.

"좋아, 직접 가자!"

"야, 저거 숫자 봐. 괜찮겠냐?"

"밑에 있는 두 팀만 불러봐. 같이 움직이자고 해. 놈들도 현상금이 탐날 테니까. 연막 터뜨리고 오크 한 놈만 죽이면 된다고."

탐욕으로 인해 눈동자가 벌게졌다. 그러나 그들은 알지 못했다. 그들이 지금 저승으로 들어가기 직전의 상태라는 것을.

"위치는 어떻게 아신 겁니까?"

"설치할 곳이 거기서 거기지."

손을 휘두르며 습격자들이 고생고생해서 설치했을 함정들을 날려 버리는 수현을 보며 서강석은 혀를 내둘렀다.

"긴장 풀지 마라. 2파가 온다."

"예?"

"언제 어디서나 욕심 많은 놈들은 나오게 마련이지."

습격자들은 나뉘었다. 설치된 함정이 날아가자 망설이며 대기하고 있는 놈들과 오히려 적극적으로 덤벼오는 놈들.

연막과 함께 멀리서 에너지로 만들어진 광선이 발치에 꽂혔다. 놈들이 덤벼오고 있었다.

"준비됐나?"

"저놈들은 우리가 원래 뭐 하던 놈들인지 모르나 본데요?"

"뭐하냐?"

호전적으로 대화를 나누는 대원들을, 수현은 어이없다는 듯이 쳐다보았다.

"예? 싸워야 하지 않습니까? 덤벼오는데?"

"이런 멍청한 놈들. 잘 봐라."

수현은 말로크를 붙잡고 함께 앞으로 달려 나갔다. 이미 그가 적극적으로 방어에 나선 덕분에 습격자들에게는 말로크가 타깃으로 인식됐을 것이다.

"왜 여기로 오냐?!"

"초능력 사정거리가 짧아서."

"그게 뭔 개소리……."

문제는 수현과 말로크가 움직인 곳이 중국인들이 방어를 하고 있는 곳이라는 점이었다. 우샹카이는 수현이 되지도 않는 헛소리를 하며 오자 욕설과 함께 쫓아내려 했다.

그러나 그 전에 연막을 뚫고 용병들이 달려들었다.

"저 오크다! 죽여!"

"이런 XX……. 막아! 나를 지켜!"

용병들이 얌전히 오크만 죽이고 사라질 리 없었다. 그들은 가는 데 방해되는 건 먼저 공격했다. 중국인들은 울며 겨자 먹기로 그들과 싸워야 했다.

"XXXXXX!"

"우리가 호구로 보이냐!"

중국인 호위 팀은 확실히 강력했다. 그들은 수현한테 당한 울분을 덤벼드는 용병들한테 풀었다. 기껏해야 하급 초능력자 몇 명 포함된 게 전부인 용병들은 순식간에 능력을 카운 터당하고 쓰러졌다.

"어?"

만만해 보이는 상대라고 생각하고 덤벼들었는데 계산이 틀렸을 때만큼 당황스러운 것도 없었다. 용병은 그가 야심 차게 휘두른 화염의 채찍이 허공에서 나타난 얼음 방패에 막히자 무심코 뒤로 물러섰다.

퍽!

암석을 깎아서 만든 구(球)에는 감정이 실려 있었다. 중국 인 초능력자는 욕설과 함께 머리가 깨져 죽은 용병의 시체에 침을 뱉었다.

"허, 잘 싸우네."

"……."

중국인들은 일제히 수현을 노려보았다. 죽은 사람은 없었 지만 전투 도중 다친 이들은 몇 명 나온 상태였다. 수현이 곱 게 보일 리 없었다.

"왜 그렇게 쳐다봐? 내가 뭘 했다고. 아. 다쳤나? 이리 와. 치료해 주지."

"이거 놓지 못……."

"뭐?"

수현에게 욕을 하려다가 눈이 마주치자 그는 바로 꼬리를 내렸다. 혼란스러운 와중에 이용당했다는 분노가 치밀어서 욕을 하려고 했지만 수현의 차가운 눈을 마주치자 현실 감각이 돌아왔다. 분노가 바로 조절되었다.

"아무것도 아닙니다."

"치료를 해줬으면 감사도 해야지."

남자는 세상에서 가장 대답하기 싫은 표정으로 말했다.

"……감사합니다."

수현은 팀원들에게로 돌아가서 말했다.

"이제 어떻게 싸워야 하는지 잘 알겠지?"

"……."

"저거 뭐야? 이야기한 것과 다르잖아! 기껏해야 공무원이 정도라며! 저 초능력자들이 공무원이냐!"

"공무원은 맞아. 이왕 이렇게 된 거 싸울 수밖에 없지. 덤벼들어."

"뭐? 덤벼들라고? 미쳤냐? 저걸 보고 덤벼들라고?"

"모인 놈들 전부 합치면 저 정도는 충분히 싸울 수 있지 않냐?"

말이야 맞는 말이었다. 숫자가 워낙 되다 보니 다 합치면 초능력 전력으로도 그렇게까지 밀리지는 않았다.

물론 그렇게 했다가는 서로 공멸할 게 분명했다. 그러면 이익을 얻는 건 주원준뿐이었다. 현상금도 아끼고 원하는 것도 이루고.

여기 모인 습격자들은 그걸 잘 알고 있었다.

"개소리하지 마! 그런 소리를 할 거면 너희도 끼든가!"

통신에서 욕설이 오갔다. 지금 곳곳에서 대기하고 있는 용병들은 상황을 파악하려고 애쓰고 있었다.

"너희들이 지금 노리고 있는 게 누군지 아나?"

"누군데?"

"이번에 최초로 나온 마법사다."

"……!"

"만약 도망친다면 너희들의 신분을 한국 정부에 그대로 보내주지. 정부가 마법사를 습격한 놈들을 내버려 둘까? 평생 탈주 용병으로 살고 싶으면 도망쳐 보든가."

"이 개새끼가……!"

"저 마법사 놈하고 싸울 필요 없다니까. 오크 놈만 죽여. 그러면 돈을 준다."

채찍을 휘둘렀으니 당근을 줄 시간이었다. 아무리 협박을 해도 용병들은 죽을 게 뻔한 자리에는 들어가지 않았다. 탈주 용병이 되지 않으려면 일단은 살아야 했으니까.

"걱정 마라. 마법사라고 해도 결국 인간이다. 게다가 저놈을 죽여야 하는 게 아니잖나? 발만 묶으면 충분히 오크를 죽일 수 있다고."

"……."

"우리도 참가할 거다."

"……!"

"이제 좀 싸울 각오가 서나?"

"그렇다면야……."

"좋아, B지점으로 와라. 거기서 합류하는 거다."

통신이 끊겼다.

주원준의 부하가 그를 보고 물었다.

"정말로 같이 싸우실 겁니까?"

올 때부터 주원준은 철저하게 신분을 숨기려고 했었다. 그런 그가 직접 싸운다고 하니 놀라울 수밖에 없었다.

"미쳤냐?"

"……."

"총알받이들을 움직이게 하려면 이 정도 쇼는 해줘야지. 겁 많고 욕심도 많은 놈들이지만 실력 하나는 확실하다. 몰아넣으면 저 오크 놈 하나 정도는 충분히 죽일 수 있어."

주원준이 노리는 건 난전이었다. 모은 용병들과 사냥꾼들을 모조리 투입한 다음 무기를 전부 사용해 혼란을 만들면 아무리 김수현이 마법사라고 해도 오크를 계속 방어할 수는 없을 테니까. 빈틈이 만들어지는 순간 머리를 날려 버리면 됐다.

'사람인 이상 계속 막을 수는 없겠지. 인원이 인원인데.'

수현에게 불만이 있는 건 있는 것이었고, 상황은 상황이었다. 우샹카이는 날이 선 목소리로 물었다.

"추격 안 하나?"

"뭐?"

"추격! 이놈들만 있는 게 아닐 텐데. 쫓아서 붙잡아야 하지 않나?"

말은 그럴듯했지만, 이번에는 너희들이 앞장을 서라는 의도가 담겨 있는 말이었다. 명분도 괜찮았으니 우샹카이는 자신만만했다.

"지금 이 상황에서 쫓겠다니. 제정신인가?"

"뭐?"

"방금 내가 찾아낸 함정들이 안 보였나? 그걸 보고서 쫓겠다고? 저기 뭐가 있는지도 모르는데? 하고 싶으면 해봐. 난 내 부하들 함정으로 밀어 넣고 싶은 생각 없으니까."

"……!"

우샹카이는 할 말이 없어졌다. 그는 군인 출신이 아니었기에 이런 상황에서 뭐라고 말을 하기가 어려웠다.

"그러면 어떻게 할 생각이지?"

"물러서서 기다린다."

"……?"

그래도 수현의 말은 예상 밖이었다. 우샹카이는 이해가 가지 않아 되물었다.

"어째서지?"

"우리가 서둘러 줄 이유가 전혀 없으니까. 놈들은 몰래 잠입해서 여기에 왔지만 우리는 아니거든. 초조한 건 놈들이다. 시간을 끌면 중국군이든 러시아군이든 올 수 있다는 사실을 모르지는 않을 테니까."

"……!"

수현은 소름 끼칠 정도로 냉정했다. 우샹카이는 방금 교전에서 압도적으로 승리한 것 때문에 바로 습격자들을 추적해서 붙잡을 생각을 하고 있었는데 수현은 승리에 조금도 취하지 않고 다음 일을 계산하고 있었던 것이다.

"게다가 여기는 저놈들이 함정을 파기 좋은 만큼 우리에게도 함정을 파기 좋은 곳이거든."

"뭐야? 왜 안 움직여?"

"뒤로 빠졌다는대요?"

"뭐?"

그리고 수현의 결정은 주원준의 예상도 빗나가게 하였다. 중국인들과 같이 있으니 방금 교전의 승리로 바로 달려올 줄 알았는데, 오히려 거리를 벌리고 있었다.

'이 새끼?!'

젊은 나이에 마법사가 됐으면 좀 자신감 있고 오만하게 행동해도 되지 않는가. 저 나이에 저런 위치에 오른 놈치고는 지나치게 조심스러운 행동이었다.

'이러면 계산이 꼬이는데…….'

여기서 오래 버틸 수는 없었다. 매수와 거래를 통해 몰래 하임켄 영역에 들어왔지만 시간이 지체되면 결국 들킨다. 그러면 그들을 잡기 위한 군대가 들이닥칠 테고 한국에서 재판을 받기도 전에 죽을 수 있었다.

정해진 곳에 놈들이 서둘러 추적해 오면 함정을 발동시켜 혼란에 빠뜨린 후 오크를 죽이려고 했었는데…….

"어쩔 수 없지. 우리가 움직인다."

"좋아, 가자고!"

'병신 같은 새끼들.'

주원준은 총알받이로 쓰일 용병들이 기세 좋게 외치는 걸 보며 속으로 비웃었다. 계산이 틀린 이상 그가 최대한 끼어들 수밖에 없었다. 상대는 만만하지 않았다.

"시체 꺼내라."

"예."

그가 강령술사라고 불리는 이유는 간단했다. 시체를 일으켜서 부릴 수 있었기 때문이었다. 간단하지만 어떻게 활용하느냐에 따라 그 결과가 천지 차이로 갈렸다.

쉬이익―

운송용 로봇의 등에서 냉동 보관되고 있던 시체들이 꺼내졌다. 말이 시체였지 각종 몬스터의 육체와 강화제를 섞어서 만든, 인공 괴물이었다.

"괜찮아? 여기서 능력을 써도?"

"강령술 쓰는 게 세상에 나 혼자는 아니잖아."

"그래도 걸릴 수 있잖아."

"의심하면 어쩔 건데? 이건 정부도 모르는 놈이라고. 발각됐을 땐 잡아떼면 그만이야."

각종 강화제를 섞은 것도 모자라서 시체 위에는 얇게 알타라늄 코팅도 해놓은 상태였다. 현대 병기의 공격은 물론이고 초능력도 몇 번은 막아낼 수 있었다.

'초능력자는 이런 거에 취약하지.'

초능력자는 언제나 자신의 능력이 통했기에 달려오는 적이 초능력에 영향을 받지 않는다는 걸 깨달을 때 쉽게 당황했다.

그건 마법사라고 해도 틀리지 않을 것이다.

"준비한 건 그대로 갖고 와라. 여기로 오지 않으면 직접 가져다 뿌려야지."

그러는 동안 수현의 팀도 가만히 있지 않았다. 그들은 바쁘게 움직이며 전투를 대비했다. 초능력자로 호위 역할만 전문적으로 맡은 중국인들은 이런 함정 설치에 능숙하지 못했다.

"성재야, 여기에 설치하면 되냐?"

"어, 거기에 놓고 나와."

폭발물 전문가인 정성재는 그럴듯하게 위장을 시켜놓고 물러섰다.

"팀장님은 앞에서 뭐 하는 거냐?"

"독 다루니까 오지 말라고 하시던데……."

수현은 서강석과 가장 앞에서 움직이고 있었다. 사냥꾼 출신인 서강석이 만들어 놓은 덫을 보며 수현은 흡족하게 고개를 끄덕였다.

"솜씨가 괜찮군."

"감사합니다."

"저놈들이 당하면 이를 갈겠는데."

"자업자득이죠."

서강석은 예전 동료들을 상대하게 되었는데도 전혀 흔들림이 없어 보였다. 이미 마음 정리를 끝낸 그였다.

"아마 해독제는 복용하고 있을 겁니다. 제가 있다는 걸 알고 있을 테니까요."

"그렇지만 소용없다 이거지?"

"예, 저도 예전의 제가 아닙니다."

그런 대화를 나누는 동안, 구중철은 긴장한 표정으로 침을 삼켰다.

"너한테는 별로 어려운 걸 시킬 생각이 없다. 그냥 여기에 버티고 서서 이 오크를 지켜. 누가 치려고 하면 막고, 버티라고."

"제, 제, 제가요?"

"그래, 네가."

수현은 구중철의 어깨에 손을 올리고 말했다.

"난 너를 믿는다."

"……!"

본인 자신도 스스로를 그렇게 믿지 않는데, 수현은 대체 뭘 믿고 그에게 이런 걸 맡기는지 이해가 가지 않았다. 구중철은 쿵쿵거리는 심장을 진정시키려 애쓰며 앞을 노려보았다.

"온다."

"어디서입니까?"

"머리 좀 썼군. 드론이다."

수현은 원견으로 올 법한 포인트를 관찰하고 있었다. 모습을 나타낸 용병들이 달려오기 전에 무언가 띄우는 걸 본 수현은 피식 웃었다.

"움직였으면 저걸 터뜨렸을 거라 이거지……. 미안하게 됐군."

보아하니 원래 그들이 왔으면 터뜨렸을 물건을 고육지책으로 드론에 실어서 보내는 모양이었다. 빠른 속도로 움직이는 드론은 격추하기도 쉽지 않았고, 어느 정도 가까이 온 후 격추하면 효과가 똑같이 나왔다.

"막아야 하지 않습니까?!"

"어차피 저런 건 독이겠지."

수현은 아티팩트 하나를 꺼내 손가락에 꼈다. 루이릴의 아티팩트 컬렉션 중 하나인, 매직 미사일 아티팩트였다.

퍽!

채 사정거리에 닿기도 전에 드론 하나가 터져 나갔다. 흰색 연기가 자욱하게 퍼졌다.

"독 맞군."

"젠장. 저 X 같은 마법사 새끼……. 움직여라!"

적에 서강석이 있다는 건 이미 알고 있었다. 그의 솜씨를 잘 알고 있었기에 주원준은 비싼 돈을 들여가며 고급 해독제를 전부 복용시켰다. 그들이 드론에 태워 보낸 독도 당연히 막을 수 있었다.

'드론을 전부 격추하지는 못할 거다!'

"몸은 더럽게 빼는군."

원견으로 관찰하던 수현은 주원준이 뒤로 물러서는 걸 보며 혀를 찼다.

가능하면 여기서 끝낼 수 있도록 덤벼줬으면 했는데…….

놈의 초능력이 초능력이다 보니 원거리에서도 싸움이 가능했다.

일단 지금은 다른 적들을 상대할 시간이었다.

드론들이 일제히 허공에서 터져 나갔다. 독이 허공에서 살포되어 대원들과 중국인들이 있는 곳에 무차별적으로 퍼져

나가기 시작했다. 그걸 본 습격자들은 나무 사이를 달려 돌격했다.

"?!?!"

"독 말고 다른 걸 했어야지."

"말도 안 돼!"

흰색 연기가 순식간에 수현의 손으로 빨려 갔다. 수현이 염동력 능력자라는 건 알고 있었지만, 저런 게 가능하다고는 상상치도 못했다. 저건 인간의 컨트롤을 벗어난 수준이었다.

'어떻게?!'

덕분에 시야가 그대로 드러났다. 용병들은 욕설과 함께 주원준이 일으킨 거대 시체 뒤로 몸을 숨겼다.

원거리에서 산발적인 초능력 교전이 일어났다. 수현 측은 방어가 탄탄했기에 피해가 없었고, 공격 측은 이리저리 움직이며 접근했기에 피해가 없었다.

재수 없는 용병이 첫 함정을 밟기 전까지는.

"아아악!"

"……!"

"함정이다!"

"그사이 함정을?!"

"호들갑 떨지 마! 급속 치료제 복용하면 되잖아!"

트롤 피로 만들어지는 초고속 재생약. 이런 일을 하는 용병들은 바로 복용할 수 있도록 준비해 놓게 마련이었다.

그러나 약을 주입해도 효과가 없었다. 오히려 상처가 녹아내렸다.

"서강석, 이 개자식이⋯⋯!"

수현의 팀에 독 전문가로 생각될 사람은 서강석밖에 없었다. 조종하는 시체로 상황을 파악한 주원준은 이를 갈았다.

"밀어붙여! 멈추면 피해가 더 커진다!"

그와 몇 명을 제외하고서는 전원이 전장에 나선 상태였다. 습격자들은 혼란스러운 상황에 주원준이 거리를 벌렸다는 것도 깨닫지 못했다.

"돌격하라고, 이 멍청한 새끼들아!"

통신으로 들려오는 주원준의 목소리를 들으며 용병들은 이를 갈았다. 알고 있었지만 저렇게 다시 들으니 욕이 치밀어 올랐다.

다행스럽게도 그들에게는 아직 믿을 만한 무기가 있었다.

쾅!

주원준이 일으킨 거대 시체 세 구가 함정을 뚫고 진영에 도착했다. 중국인들이 바로 초능력을 퍼부었지만, 시체는 팔을 휘둘러서 견뎌냈다. 그들은 자신도 모르게 눈을 질끈 감았다.

─크아아아앙!

"⋯⋯!"

"물어!"

샤이나의 외침에 포슈칸 호랑이가 맹렬하게 달려들었다. 호랑이는 혼자가 아니었다. 샤이나가 불러낸 그림자 야수가 따라붙은 것이다.

퍽!

멀리서 시도하는 저격을 염동력으로 막아낸 후 되돌려 보내 저격수의 숨통을 끊은 수현은 시선을 뒤로 돌렸다. 역시 주원준의 장기인 시체 조종술이 나왔다. 상황에 따라 정말 까다로워지는 능력이었다.

그러나 수현은 팀원들을 믿었다.

'두 놈은 샤이나하고 호랑이가 막았고, 다른 한 놈은……'

진영을 유지하기 위해 멀리서 오는 저격이나 포격을 우선적으로 막고 있었지만, 말로크가 당할 것 같다면 그쪽을 우선시해야 했다. 수현은 언제라도 물러설 수 있도록 시선을 뒤로 돌렸다.

"이 자식, 왜 이렇게 튼튼해?!"

"강령술로 일으킨 시체다! 보통 인간처럼 상대하면 안 돼!"

서강석은 바로 정체를 알아차리고 팀원들에게 말했다. 강령술로 일으킨 시체는 독도 잘 먹히지 않았다. 초능력 독도 몸의 일부를 녹이는 게 전부였다.

"말로크 쪽으로 간다! 막아!"

총탄과 아티팩트의 초능력을 퍼부으며 발을 묶으려던 게 실패하자 대원들은 욕설과 함께 달려들었다.

말로크 옆에는 구중철밖에 없었던 것이다.

그러나.

쾅!

"······!?"

나무를 쉽게 뽑아서 던지던 놈이다. 덩치가 크다곤 하지만 인간한테 그대로 막히다니.

주원준이 눈이 커졌다.

"뭐야?!"

쾅, 쾅, 쾅!

구중철은 팔로 얼굴을 가리고 권투 선수처럼 전진했다. 시체가 거대한 주먹을 휘둘러 후려쳤지만 둔탁한 소리만 날 뿐 멈추지는 않았다.

'고맙다, 주원준. 덕분에 구중철은 확실하게 자기 능력을 깨닫겠군.'

위기는 곧 기회. 수현이 아무리 두들겨도 구중철은 스스로의 능력을 확신하지 못했다. 그런 자는 실전에서 진심으로 덤비는 상대와 부딪쳐 확신을 얻어내야 했다.

"······!"

아프지 않았다. 구중철은 눈을 크게 뜨고 주먹을 휘둘렀다. 그 힘에 오히려 시체가 밀려나기 시작했다.

"이, 이, 이……."

믿었던 카드는 전부 다 무산되거나 발목이 묶인 상태. 주원준은 처음으로 등에서 진땀이 나는 걸 느꼈다.

'시체는 묶였고, 저격수나 대몬스터 로켓은…… 전부 다 제거당했나?! 남은 건 용병뿐인데……..'

나무 안에서 산탄이 터지고, 중독당한 용병이 신음과 함께 쓰러졌다.

시체가 적들을 흔들어 놓는 사이 접근하려고 했었지만 함정도 만만치 않았다. 어지간한 공격은 치료제로 회복하고 돌격하려고 했는데, 서강석의 독은 그들의 예상을 뛰어넘었다.

용병 전력은 거의 반파된 상태.

'무리다!'

"아니, 이런 미친……."

정신없이 돌아가는 상황에도 불구하고 주원준의 움직임을 파악하고 있던 수현은 욕설을 내뱉었다.

그가 도망치고 있었다.

'그래, 원래 이런 놈이었지.'

주원준의 가장 큰 강점은 그 독특한 초능력도, 재력 넘치는 집안도 아니었다. 자기가 살기 위해서라면 어떤 결정도 내릴 수 있는 극한의 생존력. 그게 그의 가장 큰 강점이었다.

주원준은 계산이 틀어지자 안 되겠다 싶었는지 전장에서 몸을 뺐다.

말로크를 죽이지 않으면 그의 커리어가 끝장이 남에도 불구하고.

그의 행동은 옳았다. 그저 옳은 걸 알고도 실제로 할 수 있는 사람이 별로 없어서 그렇지.

"쫓아야 하는데…… 쯧."

거리가 너무 멀었다. 게다가 말로크가 있는 이상 함부로 자리를 비울 수가 없었다. 대원들을 믿기는 했지만 그렇다고 해서 어떤 대비책도 세우지 않는 건 아니었다.

그리고 가장 강력한 대비책은 수현이었다.

'어쩔 수 없나.'

어차피 주원준이 도망쳐 봤자 할 수 있는 건 많지 않았다.

나름 세밀하게 움직이던 시체가 날뛰기 시작했다. 주인이 조종을 포기하고 멋대로 움직이게 한 것이 분명했다.

수현은 돌아서서 남은 적들을 쓰러뜨리기 시작했다. 그나마 유지되고 있던 균형이 수현이 끼어들자 완전히 무너졌다.

"고생했다. 잘 싸우더군."

"감, 감, 감사합니다."

구중철은 말을 더듬으며 고개를 끄덕였다.

수현은 그를 격려해 주며 주변을 훑어보았다. 살아남은 몇몇을 제외하고서는 이미 상황은 정리되어 있었다.

"쉿, 쉿쉿! 그거 먹으면 안 돼!"

"……."

샤이나는 쓰러진 시체를 물어뜯으려고 하는 호랑이를 제지하려고 안간힘을 쓰고 있었다.

'알타라늄 코팅을 한 건가? 생각보다 빠르군.'

주변에 가해지는 힘을 흡수하는 알타라늄의 특성은 이후 제련법이 발달하고 나서야 본격적으로 사용하게 됐다.

채굴량이 적어서 아무나 쓸 수 있는 건 아니었지만, 초능력을 상대로 어느 정도 버틸 수 있는 건 흔히 볼 수 없는 장점이었다.

그러는 사이 우샹카이는 피곤한 얼굴로 돌아와서 말했다. 원래라면 겪을 일이 없는 전투를 연속적으로 체험한 탓에 그의 신경은 너덜너덜해져 있었다.

"어떻게 생각하지?"

"뭘?"

"상황 말이다, 상황! 이제 움직여도 되나?"

수현은 속으로 그걸 왜 그한테 물어보나 싶었다. 원래 우샹카이와 다른 이들은 수현의 밑이 아니었고 갑작스러운 일 때문에 임시로 협력하게 된 사이였다. 저렇게 물어보고 움직일 이유가 없었다.

'뭐…… 굳이 지적할 건 없나.'

혼란스러운 상황에서 몇 번 지시를 받은 것 때문에 무심코 물어본 것 같았다. 굳이 지적해서 화를 돋울 필요는 없었다.

수현은 고개를 끄덕이며 대답했다.

"움직여도 되겠지. 포로는……."

"우리가 데려갈 거다!"

우샹카이는 절대로 양보할 수 없다는 듯이 으르렁댔다. 안 그래도 이번 일에서 수현한테 계속 선수를 뺏기고 망신을 당했는데, 그들의 구역에서 포로마저 뺏긴다면 그는 정말로 면목이 없어졌다.

"그러든가."

"……?!"

예상했던 반응과 다르자 우샹카이는 놀라서 눈을 크게 떴다. 수현이 이렇게 쉽게 물러날 줄 몰랐던 것이다.

'뭐야?'

"전투에서 그쪽이 활약한 것도 있고, 여기가 중국 쪽 구역인데 우리가 포로를 데려갈 수는 없지."

"어, 어어. 그렇지?"

분명 듣기 좋은 말이었는데 왠지 느낌이 이상했다. 우샹카이는 고개를 끄덕이며 동의했다.

'저거 가져가 봤자 별 의미도 없는데⋯⋯.'

포로는 의미가 있을 때 챙기는 것이었다. 어차피 상대가 누군지 뻔히 알고, 그를 몰락시킬 방법도 갖고 있는데 굳이 번거롭게 포로를 데려갈 필요는 없었다.

'게다가 주원준이 포로를 통해 증거를 얻을 수 있게 하지는 않았을 테니까.'

포로는 거의 쓸모없다고 봐도 됐다. 넘겨주면서 생색내기 딱 좋은 패였다.

"대신 연락 좀 이용하자고. 포로도 양보해 줬는데 그 정도는 할 수 있겠지?"

"어⋯⋯. 그러지."

수현은 바로 한국 측에 연락을 보냈다. 주원준에 대한 테러 혐의를 고발하고, 그를 발견하는 즉시 체포하라는 연락이었다.

옆에 있던 서강석이 걱정스러운 태도로 물었다.

"증거가 없는데 그렇게 먼저 행동해도 됩니까?"

"상관없어. 놈의 발을 묶으려고 한 거니까. 그리고 내가 증거 없다고 역공 맞을 위치는 아니지."

마법사로서 위치가 있는데 저 정도 발언을 뒷받침할 증거의 유무를 신경 쓸 필요는 없었다.

"하물며 우리는 생존자도 갖고 있잖아? 절차 몇 개 정도는 어겨도 충분히 덮을 수 있다고. 놈만 잡으면 돼."

"과연 도시로 들어올까요?"

"반반이야. 아예 잽싸게 외곽으로 튈 수도 있고. 그건 어쩔 수 없지. 운이 좋기를 빌자고."

전력을 다해 빠르게 평양으로 귀환한 엉클 조 컴퍼니를 맞이한 건 뜻밖의 소식이었다.

"도주했다고?!"

"검문소에서 명령을 내리자 즉시 공격하고 빠져나갔습니다. 아시다시피 검문소 병력으로는 체포하기가……."

서강석은 그 말을 듣고 고개를 저었다.

"귀찮게 됐네요, 팀장님."

"그래, 귀찮게 됐지."

"멀리 도망가면 성가시게……."

"아니, 그런 의미가 아니다."

"예?"

"난 놈을 잘 알아. 도시로 들어올 거면 조심스럽게 들어왔을 거고, 도망쳤을 거면 아예 도망쳤을 거다. 그런데 검문소에서 걸렸다고?"

수현은 갑자기 머리가 아파오는 걸 느꼈다. 목표물이 예상을 벗어날 때가 가장 골치가 아픈 법이었다.

'의도적으로 시선을 돌리려고?'

도시 내 상황이라면 군이 검문소에 가서 시험해 보지 않더라도 충분히 확인할 방법이 있었을 것이다. 그런데도 검문소에 일부러 모습을 드러냈다는 건…….

도시 내의 경계를 풀려고 한 게 분명했다.

'그렇게까지 하면서 해야 할 게 뭐지?'

수현은 눈을 감고 생각에 잠겼다.

내가 주원준이라면 무엇을 할 것인가?

답은 하나였다. 상대가 가장 싫어할 만한 짓.

'내가 뭘 싫어하지? 놈이 알 만한 내 약점이…….'

그 순간 연락이 왔다. 그의 연락처를 아는 사람은 많지 않았다. 수현은 의아해하면서 확인했다.

-연구소. 지금 당장. 위험.

최지은의 연락이었다. 수현은 무언가 머릿속을 스치고 지나가는 걸 느꼈다.

"연구소다."

"예?"

"놈이 내 약점은 몰라도 네 약점은 아주 잘 알고 있잖나! 네 딸이 어디로 갔는지 알아내는 건 그렇게 어렵지 않을 테고!"

"……?!"

서강석의 안색이 변했다. 다른 건 몰라도 딸과 관련된 일에 대해서는 완전히 달라지는 그였다. 털끝만큼의 위험도 그냥 넘길 수는 없었다.

빠르게 연구소로 향하며 서강석이 물었다.

"너무 과하게 넘겨짚으신 거 아닙니까? 아닐 수도 있잖습니까!"

"불안해서 부정하고 싶은 건 알겠는데. 상황을 똑바로 봐라. 놈은 내 약점에 대해서는 알 수가 없어. 그에 비해 너는 약점이 뚜렷하지. 게다가 이번 일에서 네가 한 활약까지 생각했을 때, 놈이 어떻게 할 것 같나?"

"……."

서강석은 부정할 수 없었다. 딸이 납치당하면 그는 분명 시키는 대로 할 수밖에 없었으니까.

'제장, 하필이면…….'

수현은 속으로 중얼거렸다. 주원준이 최지은과 그의 관계를 알아내지는 못했을 것이다. 그러나 공교롭게도 지금 서예나가 있는 곳에는 최지은도 있었다.

습격 도중에 다치기라도 한다면…….

"더 빠르게 몰아!"

"이미 최고 속도라고요!"

"어디 있나? 분명 여기 있다고 들었는데."

"무슨 소리인지 모르겠네요. 여기는 정부 소속 연구소입니다. 탁아소가 아니라요."

"시치미를 떼시겠다? 지금 내가 장난하는 거로 보여?"

주원준은 살기 넘치는 목소리로 최지은을 협박했다. 지금 연구소의 직원들은 모두 불려 나와 무릎을 꿇고 있었다. 주원준과 몇 명의 용병이 기습적으로 연구소의 경계를 뚫고 습격에 성공한 것이다.

"없는 걸 있다고 할 수는 없으니까 그렇죠. 정 못 믿으시겠다면 찾아보세요. 없으니까."

총구를 들이댄 용병들 앞에서 한 치도 흔들리지 않고 태연함을 유지하자 주원준도 헷갈리기 시작했다.

그가 얻은 정보가 정말로 제대로 된 정보인가?

"이런 XX……. 찾아봐. 너희들은 까딱할 생각도 하지 말라고. 이놈들 보이지? 내가 눈만 깜박이면 너희들 목을 날려 버릴 수 있어."

세워놓은 시체들을 가리키며 주원준이 협박했지만 연구원들은 서로 멀뚱히 쳐다보며 고개만 끄덕거릴 뿐이었다. 그들이 만져 온 시체가 몇 구인데 저런 협박에 겁먹을 리 없었다.

"아무 일도 없는 것 같은데요? 불이 켜져 있고, 무슨 소리도 없고……."

수현은 대답하지 않고 바로 내렸다. 그리고 빠르게 걸어갔다. 안에서 제복을 입은 경비가 나와 그를 막으려 들었다.

"무슨 일로…… 컥!"

"어디서 같잖은 재주를 부려?"

수현은 손가락을 튕겨 그의 사지를 꺾어버렸다. 최지은이 다칠 수도 있다는 생각이 수현을 초조하게 만들었다.

"뭡니까?!"

"놈들이 장악한 다음 경비로 위장한 거지. 그나마 다행이군. 놈들이 아직 안에 있다."

빨리 온 보람이 있었다. 수현은 눈을 번뜩이며 안으로 들어갈 방법을 찾았다.

"⋯⋯!"

"빌어먹을!"

몇 개의 초능력이 동시에 적중했다. 보초를 서고 있던 시체가 찢겨 나갔다. 그러나 이미 늦었다. 안에 있는 주원준에게 신호가 갔을 것이다.

'이번엔 반드시 죽인다!'

까다로운 능력에 이를 갈며 수현은 벽을 부숴 버리고 안에 돌입했다.

"어떻게?!"

수현이 주원준을 까다롭다고 생각하는 것과는 비교가 되지 않을 정도로, 주원준도 수현을 경계하고 있었다. 그렇지만 아무리 그래도 그가 바로 여기에 온 건 이해가 되지 않았다.

'몇 겹으로 연막을 피웠는데?'

주원준은 연구원들을 노려보았다. 이들 중 외부로 몰래 연락을 한 놈이 있다는 생각이 떠오른 것이다.

"뭡니까? 무슨 일이죠?"

"⋯⋯빠져나간다!"

주원준은 수현이 얼마나 강한지 잘 알고 있었다. 인질 하나 잡겠다고 그와 맞부딪히는 건 자살행위였다.

"준비해 온 거 꺼내!"

수현의 염동력은 이미 아는 사람들 사이에는 유명해져 있었다. 그런 그를 언젠가 상대하게 될 날을 대비해 주원준은 준비를 했었다.

"잔머리는……!"

자욱하게 퍼지는 연기와 동시에 빛이 꺼지는 것을 보며 수현은 이를 갈았다. 어둠 속에 인질이 있는 상황이라면 수현은 염동력을 함부로 사용할 수 없었다.

"빛이 안 들어와!"

"아티팩트다."

전력을 차단해도 외부에서 불을 켜면 빛이 들어오게 마련이었다. 그러나 어둠은 그런 걸로 사라지지 않았다. 인공적인 어둠으로 일정 공간을 채우는 초능력 아티팩트를 사용한게 분명했다.

"루이릴!"

"알고 있어!"

수현 측에서도 패는 있었다. 이런 어둠 속에서 진가를 발휘하는 스페셜리스트, 루이릴은 겁도 없이 어둠 속으로 텔레포트해 들어갔다.

"뭐야, 너?!"

아티팩트를 작동시킨 용병의 입에서 비명이 들렸다. 그리

고 어둠이 사라졌다. 루이릴은 득의양양한 표정으로 손에 팔
찌를 들고 있었다.

그러나 아직 일은 끝난 게 아니었다.

"터뜨리고 빠져나와!"

가장 앞에 있는 용병과 아티팩트를 뺏긴 용병을 제외하고
나머지는 벌써 탈출로에 도착해 있었다. 주원준은 냉정하게
외쳤다.

저 연구원들은 민간인이었다. 그들을 공격하면 수현은 막
기 위해 염동력을 쓸 수밖에 없었고, 그사이 그들은 거리를
벌릴 수 있었다.

게다가 부상자는 덤이었다. 수현은 그들을 치료하기 위해
멈춰야 할 것이 분명했다.

용병은 총기를 난사함과 동시에 폭탄 스위치에 손을 올렸
다. 그 모습이 막 들어선 수현의 시야에 들어왔다.

최지은은 그런 상황에서도 냉정하게 적을 노려보고 있
었다.

'안 돼!'

염동력을 발동시키는 것보다도 놈이 빠르게 스위치를 누
를 것 같았다. 이미 놈의 손가락은 스위치를 절반쯤 누른 상
태였다.

급박한 상황이라 수현은 그가 이런 것들을 전부 관찰하고

있는 게 불가능한 일이란 것도 눈치채지 못했다.

그 순간…….

시간이 느려졌다.

용병이 허공으로 떠오르고, 폭탄은 튕겨 나갔으며, 총구는 꺾여서 용병의 배를 관통했다.

적을 여기서 끝내야 한다는 생각에 수현은 현재 무슨 일이 일어나고 있는지도 깨닫지 못했다. 적이 슬로우 모션으로 움직이는 것에 감사하며, 수현은 느려진 시간 속을 질주했다.

겁먹은 표정으로 초능력을 쓰려고 한 용병이 손도 뻗지 못한 채 찢겨 나갔다. 허둥지둥 옆으로 구르려고 한 용병이 허공에 뜨지도 못한 채 목이 잘렸다.

주원준의 얼굴에는 이제야 경악의 기색이 떠오르고 있었다. 아주 천천히 내려가는 놈의 눈꺼풀을 보며 수현은 으르렁거렸다.

"잘 가라."

콰직!

느려진 시간이 원래대로 돌아오고 동시에 피가 사방에서 솟구쳤다. 수현이 닥치는 대로 죽인 이들의 여파였다. 완전히 박살이 난 주원준의 시체를 보며 수현은 그제야 한숨을 돌릴 수 있었다.

38장
거부해도 되는 제안

"……지금, 방금 내가 본 게 맞아?"

"넌 지금 이 상황에서 그런 소리가 나오냐?"

방금 죽을 뻔했으면서 수현의 초능력부터 확인하려고 하는 최지은의 모습에 수현은 한숨을 내쉬었다. 예전부터 흥미가 있는 것을 위해서라면 목숨도 아끼지 않는 모습을 보여주기는 했었지만…….

"다친 데는 없어?"

"내가 할 소리다. 너야말로 다친 곳은 없어?"

"난 괜찮아. 다른 사람들도 다 괜찮고. 여기는 만약을 대비해서 그런 치료제는 충분히 있으니까."

"그런 문제가 아닌 것 같은데."

수현은 그렇게 중얼거리며 주변을 둘러보았다. 방금까지 머리에 피가 올라서 그가 무엇을 하고 있는지도 제대로 확인하지 못했었다.

'시간이 분명…… 느려졌었다.'

수현은 주먹을 움켜쥐었었다. 과거로 돌아오기 전부터 수현은 치열하게 싸우던 도중 시간이 느려지던 감각을 몇 번 느끼곤 했다.

다른 사람들보다 더 많이, 더 길게.

그때는 단순히 극한 상황에서의 집중력이 폭발한 것이라고 생각했지만 이제 보니 그게 아니었다.

부스럭─

"……뭐 하십니까?"

방금까지 얼어 있던 연구원들이 부산스럽게 움직이며 장비를 갖고 오고 있었다.

수현과 눈이 마주친 이선화는 겸연쩍게 웃으며 말했다.

"사건은 사건이고, 시체는 시체잖아. 이 정도 되는 초능력자 시체 상태 좋게 구하기가 얼마나 힘든지 알아?"

"연구소를 습격하려 했으니 이 정도는 약과죠."

"맞아, 맞아."

즉사한 초능력자의 시체들이 부패하기 전에 빠르게 신체 장기를 보관하는 연구원들을 보며 수현은 속으로 혀를 찼다.

'이 또라이들.'

이들을 찢어버린 그가 할 소리는 아니었지만.

"다행히 뇌는 그대로네? 일부러 이렇게 해준 거야?"

"설마 그랬겠습니까."

상황은 빠르게 수습되었다. 피와 살점으로 난장판이 되어 있던 복도는 채 한 시간이 지나지 않아 원래대로 돌아왔다.

허둥지둥 달려온 경찰특공대에게 이선화는 상황을 설명했다. 그런 그녀를 멍하니 지켜보는 수현에게 최지은이 다가와 커피를 내밀었다.

"고마워."

"고맙기는 뭘. 내가 맡긴 애 때문에 이 사달이 났는데. 그보다 용케 연락했군. 습격할 때 EMP 정도는 썼을 텐데."

"그런 걸 대비해서 미리 만들어 둔 수단이 있었어."

"철두철미하군. 덕분에 살았어. 저번에 피해 끼치지 않게 하겠다고 했는데, 지키지 못해서 미안해. 확실하게 대비를 해두지."

"됐어. 그런 걸로 사과할 필요 없어. 이런 것까지 다 예상할 수는 없을 테니까. 앞으로 여기 병력도 좀 늘어나겠지. 그보다 초능력은 어때?"

"맞아. 시간 관련 초능력. 느려지더군. 예전에도 몇 번 느꼈던 적이 있었는데, 이렇게 길고 본격적으로 발동된 적은 없었어."

"통제는 가능해?"

수현은 눈을 감고 신경을 집중했다. 안에서 무언가를 끌어올리는 느낌.

"반반 정도. 조금 더 연습해야겠군."

"이런 상황에서 각성을 하다니. 상황이 긴박하면 자극을 받는 건가? 사고 현장 같은 데 나가보는 건 어때?"

"말 같지도 않은 소리를. 다른 사람들이 위험하다고 해서 마음이 급해지거나 하지는 않아."

"……?"

"네가 다칠까 봐 걱정해서 그런 거라고."

"……!"

최지은의 얼굴이 붉어졌다. 그녀는 수현의 다리를 걷어찼다. 전혀 힘이 실려 있지 않은, 투정에 가까운 공격이었다.

"아, 이것도? 그러면 물어보지나 말지. 물어봐서 대답해 준 건데."

"……."

최지은은 대답 대신 고개를 끄덕였다. 그녀의 얼굴은 아직도 붉어진 채였다.

"어쨌든 나도 이런 식으로 돌파구가 열릴지는 몰랐어. 당황하기는 했지만 잘됐군."

귀찮은 적을 하나 확실하게 제거했고, 그 과정에서 스스로의 능력을 하나 각성했다. 이 정도면 마음고생 한 보람이 있었다.

"……앞으로 종종 찾아와서 능력에 대해 말해줘."

"직접? 능력에 대한 건 그냥 보고서로 보내도 되지 않나?"

"아냐, 직접 와야 해."

"그래야 해? 그러지 뭐. 그렇게 어려운 건 아닌데……."

또 한동안은 평양에서 이리저리 불려 다녀야 했다. 기존에 벌어진 범죄에 대해 다시 증언하고 확정이 난다면 주원준과 관련된 것들은 모조리 수색하고 압수할 생각이었다.

유력한 용의자가 테러까지 일으켰다가 사살당한 상황에서 수현의 말을 뒤집을 놈은 없었다.

"그 아저씨들을 데리고 올 시간이로군."

주원준 덕분에 억울하게 범인의 누명을 쓴 옛 가온길 2팀과 컨택트, 대성, 삼두룡은 그의 소식만을 애타게 기다리고 있을 것이다.

상황은 생각보다 빠르게 마무리되었다. 수현의 발언을 무시할 정도로 간덩어리가 큰 정부 인사는 없었고, 바로 사건에 대한 재조사가 들어갔다.

생존자인 말로크의 말과 함께 주원준이 일으킨 테러까지 겹쳐, 사건은 이례적으로 빠르게 뒤집혔다.

탈주 용병들이 소식을 받고 돌아온다면 정부는 사과문을 발표하는 것부터 시작해서 여러모로 조치해야 하겠지만 그건 수현이 알 바가 아니었다.

"그래서, 아티팩트 양도가 안 된다는 겁니까?"

"그게, 원칙적으로는……."

"아니, 국장님. 지금 주원준한테 죽을 뻔한 게 누굽니까? 그것도 두 번이나."

실제로는 주원준이 계속 일방적으로 도망만 다녔지만, 수현은 얻을 수 있는 이익 앞에서는 어떤 거짓말도 할 수 있는 사람이었다.

"게다가 정부가 헛다리 짚고 결론 내린 사건 진상 조사는 누가 했죠? 제가 했습니다. 제가 아니었으면 아직도 사건은 잘못된 채로 결론이 나 있었겠죠."

'사실 우리 입장에서는 안 터지는 게 차라리 나았는데.'

국장은 속으로 그렇게 생각하며 물을 마셨다. 수현 앞에서 그런 소리를 했다가는 대번에 물어뜯길 테니 속으로만 삼켜야 했다.

"정말 감사하고 있습니다."

"그런데도 주원준과 놈의 패거리들이 갖고 있던 아티팩트들이 양도가 안 된다고요?"

"그게, 일단 지구에 있는 주원준 씨 가족들이 강력하게 소유권을 주장하고 있고요……."

주원준은 지구의 부유한 집안 출신이었다. 그가 서슴잖게 꺼내는 돈은 지구에 있는 집안에서 나온다는 걸 수현도 잘 알고 있었다.

"설마 그 개소리를 받아주실 생각은 아니시겠죠?"

수현의 목소리가 섬뜩하게 내려갔다.

"여기는 카메론입니다. 여기 있지도 않은 지구 놈들의 억지를 들어줄 필요는 전혀 없을 텐데요. 아티팩트 상태로 도난 아티팩트 딱지를 찍어버리세요. 그러면 압수해도 상관없잖습니까."

'이 인간, 용병 맞아?'

최초의 마법사라거나, 뛰어난 용병인 것과는 상관없이 정부의 편법까지 능통한 건 정말 이해가 가지 않았다. 실제로 저런 식의 소유권이 미묘한 아티팩트는 도난당한 아티팩트라는 딱지를 붙여서 정부가 획득하고는 했던 것이다.

"물론입니다. 그리고 그렇게 할 거고요."

"그러면 다 된 거 아닙니까?"

"그런데 그걸 수현 씨한테 드릴 수가 없습니다. 정말 죄송합니다. 저희도 사정이 있어서…….”

　이 정도 규모의 이종족 관련 범죄가 터져 나온 것도 드문 경우였다. 덕분에 이 일과 관련된 이들 중 몇몇은 옷을 벗었을 정도.

　정부는 잔뜩 몸을 움츠리고 사과문을 발표한 후 압수된 재산을 피해자한테 지원하는 대책을 발표하고 있었다.

　“아니, 그건 압니다. 누가 재산 달라고 했습니까?”

　재산이야 수현도 넘쳐 났다. 수현이 원하는 건 쓸 만한 아티팩트였다.

　“아티팩트 말고 원하는 건 없습니다.”

　“그게…… 지금 이 상황에서 마법사로 여러모로 주목받는 수현 씨한테 압수한 아티팩트를 전부 넘긴다는 건, 여러모로 눈치가 보여서……. 여론이 있잖습니까.”

　“전 신경을 안 씁니다만. 얼굴도 모르는 놈들이 욕해봤자죠.”

　“하지만 저희는 신경을 써야 합니다! 게다가 욕도 저희가 더 먹을 거고요.”

　수현은 한숨을 쉬었다. 그 국장이 이런 상황에서 여기까지 버티면 정말 상황이 안 좋기는 한 것 같았다.

　‘대충 타협안을 받아줘야 하나.’

　“그래서요? 이번 일에 고생은 고생대로 하고, 제가 뭘 가져갈 수 있습니까?”

"주원준 관련 아티팩트는 언제든지 무기한으로 대여해 드리겠습니다. 다만 소유권은 정부에 있는 걸로 해주십시오. 부탁드리겠습니다!"

"그러도록 하죠."

어차피 개발계획국과 수현은 적대 관계가 아니었다. 이용할 건 이용해 먹으면서 오랫동안 같이 가야 할 사이였다.

수현이 의외로 선선히 물러나자 국장의 얼굴에 화색이 돌아왔다.

"감사합니다!"

"이번 일은 빚으로 생각해 둘 겁니다."

"물론이죠. 알겠습니다."

밖으로 나온 수현은 잠시 길을 걸으며 오랜만의 평화를 즐겼다. 개발계획국 건물 앞에서부터 이어지는 평양의 길거리는 고요하고 평화로웠다.

'서강석은 딸하고 놀고 있을 거고, 다른 놈들은 훈련이나 휴식인가. 샤이나나 불러서 식사나 할까?'

샤이나가 들으면 화를 내겠지만, 이런 시간대에 편하게 부를 만한 사람은 그녀밖에 없었다. 계속 긴장감 넘치는 전장을 돌아다니며 거친 식사로 끼니를 때웠더니 맛있는 게 끌렸다.

"……?"

멀리서 익숙한 뒷모습이 보였다. 김창식이었다.

"김창ㅅ……."

부르려던 수현은 멈칫했다. 그가 혼자가 아니었기 때문이었다. 그의 옆에는 정장을 입은 외국인이 붙어 있었다.

'미국인? 아무리 봐도…….'

이 길거리에서 우연히 만나서 동행하게 된 사람은 아니었다. 둘은 이런저런 이야기를 나누면서 걸어가고 있었으니까. 게다가 외국인의 분위기는 아무리 봐도 일반인이 아니었다. 이쪽 업계의 인물이었다.

'뭐지? 스카우터? 내부거래?'

빠르게 생각이 스쳐 지나갔지만, 수현은 얼마 지나지 않아 그 생각을 멈췄다. 김창식은 그럴 놈이 아니었다. 배신할 거라면 예전에도 기회가 많았다.

그렇지만 세상일에 완벽이란 건 없지 않는가?

'아차.'

머뭇거리던 사이 둘은 차에 타고 떠나 버렸다. 쫓으려다가 이미 벌어진 거리를 보고 수현은 혀를 찼다.

'상관없나. 돌아오면 묻는 게 더 낫겠군.'

저녁, 휴게실에는 하품을 하며 졸고 있는 김창식과 앉아서 책을 읽고 있는 루이릴, 그리고 몇 명의 대원이 있었다.

김창식이 돌아온 걸 본 수현은 박수를 쳐서 주의를 환기했다.

짝―

"……?"

"뭡니까, 팀장님?"

"할 말이 있다. 모두 자리에서 일어나도록."

다들 어리둥절했지만 수현의 말이니 일단은 일어났다.

"모두 눈을 감아라."

"예??"

"감으라고. 감겨주랴?"

"아뇨, 감겠습니다."

"여기서 최근 양심에 찔리는 행동을 한 적이 있는 사람이 있나?"

누군가가 어깨를 움찔했다.

수현은 눈치채지 못하고 말을 이었다.

"누구나 실수는 할 수 있다. 문제는 그 실수를 감추려고 더 큰 거짓말을 하는 거지. 지금 반성하고 나온다면 더 이상의

문책은 없이 넘어가 주겠지만, 만약 시치미를 뗀다면⋯⋯."

말끝을 흐렸지만 그 뒤에 오는 말이 무엇일지 모두가 알고 있었다. 대원들은 눈을 감은 채로 수군거렸다.

"뭐야, 누가 사고 쳤냐?"

"누구야?"

서로 믿고 있었기에 큰 사고는 아니라고 생각했지만 그래도 당황스러운 건 어쩔 수가 없었다.

탁—

그리고 한 명이 눈을 질끈 감고 손을 든 채로 걸어 나왔다. 루이릴이었다.

"⋯⋯."

수현은 어이가 없어서 고개를 푹 숙였다. 나오라는 김창식은 안 나오고 왜 그녀가 나온단 말인가. 또 무슨 사고를 쳤나 싶어서 가슴이 덜컥 내려앉았다.

"너는 왜⋯⋯. 아니, 일단 당사자부터 처리하자. 모두 눈 떠라."

"아, 아야야야! 제가 뭘 잘못했다고요?!"

수현은 미동도 하지 않는 김창식에게 다가가 귀를 잡아당겼다.

"너 이 자식, 오늘 같이 다니던 미국인은 누구야?"

"예? 그 사람이요? 팀장님도 아는 사람이잖습니까!"

"뭐? 누군데."

"블루베어 쪽 경호원이요!"

"......?"

블루베어 쪽 경호원이라니. 그렇다면 그 분위기가 납득이 갔다. 그러나 완전히 해결된 건 아니었다. 그런 사람이 왜 김창식을 부른단 말인가.

"그놈이 왜 너를 불러?"

"마리아가 나오라고 시켰으니까요!"

마리아. 찰스 회장의 조카. 그제야 상황을 이해한 수현은 고개를 끄덕거렸다. 잡아당기던 귀를 놓고 수현은 말했다.

"미안하게 됐군. 언제 그런 사이가 됐나?"

"그런 사이라니 무슨……. 아무 사이도 아닙니다."

"아무 사이도 아닌 놈이 데이트를 나가?"

"안 나오면 제가 갖고 있는 주식을 휴짓조각으로 만들어버리겠다고 해서……."

"와, 소름 끼치는 협박이다."

옆에서 김동욱이 중얼거렸다. 저런 식의 리얼한 협박은 생각지도 못했었다.

수현은 고개를 절레절레 저으며 몸을 돌렸다. 루이릴이 어색하게 웃으면서 그를 쳐다보고 있었다.

"자, 그래서 너는 무슨 사고를 쳤냐?"

"아하하……."

괜히 찔려서 자백하게 된 루이릴은 속으로 스스로를 원망했다.

'조금만 더 참아볼걸!'

주머니 속의 칩이 유난히 무겁게 느껴졌다.

"뭘 아하하야. 웃으면 그냥 넘어가질 줄 알았냐?"

"잠깐, 여기서 이러지 말자! 내 이미지가 있는데!"

수현에게 볼을 잡힌 루이릴이 다급하게 속삭였다. 수현 앞에서야 언제나 구박을 받지만 다른 대원들 앞에서는 신비주의적인 엘프 이미지를 고수하고 있는 그녀였다. 다른 대원들이 멀뚱거리는 시선으로 쳐다보고 있는 게 잡힌 볼보다 더 아팠다.

"어휴……."

대원들을 떼어놓은 후 다른 방으로 루이릴과 함께 이동한 수현은 혀를 차며 물었다.

"그래서, 무슨 사고를 쳤냐? 수습 가능한 사고를 쳤다고 말하는 게 서로 건강에 좋을 거야."

"벌써부터 협박이야?! 안 들켰으니까 걱정하지 마."

"정말로 안 들켰어?"

"……아마?"

"……뭔지나 말해봐."

루이릴은 칩을 꺼냈다. 쇼크 웨이브 소드를 숨겨놓을 때 겸사겸사 데이터를 빼내온 물건이었다. 아직 잠겨 있는 락을 풀지 못해서 안을 열어보지는 못했지만······.

설명을 들은 수현의 얼굴이 풀렸다. 최악의 상황도 각오했었는데 이 정도라면 괜찮았다. 아니, 오히려 더 좋을지도 몰랐다.

"그래서 열어보려고 했는데 안 열렸다고? 숨기기는 왜 숨겼어?"

"아으, 아으으. 말하면 이럴 거니까 그렇지!"

수현이 볼을 잡아당기자 루이릴은 신음하며 외쳤다. 수현은 손을 놓고 말했다.

"다음부터는 사소한 거라도 무조건 보고해."

"······이러지 않는다고 약속해 주면."

"이게 아직도 입은 살아서."

수현은 김동욱을 불렀다. 이런 전자적인 문제는 그가 전문이었다.

"옙, 팀장님."

"락이 걸린 자료를 구했는데, 혹시 풀 수 있나?"

자료에 걸린 락을 풀 수 있냐고 묻자 김동욱은 고개를 끄덕였다.

"잠깐 보겠습니다. 어······ 별로 어려운 락은 아니네요. 30

분이면 풉니다."

김동욱은 거짓말을 하지 않았다. 채 30분이 지나기 전에 김동욱은 풀었다고 말했다.

"벌써?"

"열까요?"

"아니……. 내가 열지."

안에 뭐가 들었는지 모르는데 김동욱이 보게 할 수는 없었다. 수현은 몇 번의 클릭으로 자료를 열었다.

"……."

최근 하임켄 주변에서 중국이 진행하고 있는 프로젝트에 관한 내용이었다. 보아하니 우샹카이가 담당하고 있는 프로젝트가 분명했다. 거기에 동원 가능한 초능력자와 아티팩트에 대한 정보까지 있었다. 하루 이틀로 다 볼 수 있는 분량이 아니었다.

'일에 관련된 정보는 다 저장된 물건이었군……!'

"루이릴."

"응?"

"보너스 줄까?"

"……."

루이릴은 태도가 돌변한 수현을 어이없다는 듯이 쳐다보았다.

"보너스는 됐고. 나도 네 볼 좀 꼬집어도 돼?"

"받기 싫으면 말고."

"아냐! 받을게!"

김동욱은 둘의 대화를 당황스러운 표정으로 듣고 있었다.

'루이릴 씨가 이런 사람이었나?'

한동안은 이 자료만으로도 즐겁게 시간을 보낼 수 있을 것 같았다. 수현은 타고난 워커홀릭이었다. 이런 걸 뒤져 가면서 어떻게 활용할지 계획을 세우는 것만으로도 즐거움을 느꼈다.

"음? 여기 숨겨진 폴더가 있는데."

"아, 그거 우측 하단의 프로그램 쓰시면 바로 열립니다."

내부 자료에는 아무런 보안도 걸려 있지 않았는데, 그 안에서 따로 숨겨진 폴더라니. 수현은 갑자기 호기심이 치솟는 걸 느꼈다.

그리고 안에는 우샹카이가 벗은 사진들이 가득했다. 못 볼 걸 본 수현의 얼굴이 찡그려졌다.

"……이 개새끼가……."

왜 공무용 기기에 이런 걸 저장해 놓는단 말인가. 수현은 눈을 감고 파일을 꺼버렸다.

"그놈이 그렇게 대단해?"

"솔직히 말해서, 예. 그렇습니다."

수현이 그러고 있는 동안, 우샹카이는 그의 상관에게 불려 가 이번 일을 보고하고 있었다. 수현을 칭찬하고 있는 건 반은 본심이었지만 반은 어쩔 수 없어서 하는 일이었다.

그가 일을 실패했다는 책임을 줄이기 위해서는 적을 높일 수밖에 없었으니까. 그리고 수현은 충분히 그럴 만한 가치가 있었다.

"흐음……."

"확실합니다. 놈은 앞으로 거물이 될 겁니다."

우샹카이는 수현을 떠올렸다. 단순히 마법사라는 특이성 때문에 그렇게 말하는 게 아니었다. 상황에 닥쳤을 때 보인 침착함과 과감함. 그런 걸 저런 나이에 가진 인물은 흔치 않았다.

"지금도 충분히 거물이야. 놈의 손톱이나 머리카락이라도 하나 얻고 싶어 하는 연구자들이 몇 명이나 되는 줄 아나?"

"에이, 설마 그 정도까지야……."

"나도 그렇게 생각해. 최초의 마법사라는 것 때문에 사람 들이 지나치게 열광하고 있단 말이지. 최초라는 건 언제나 그래. 시간이 지나면 마법사도 결국 초능력자처럼 일반적인 개념으로 받아들여지게 될 텐데 말이야."

"맞는 말씀이십니다."

우샹카이는 손바닥을 비비며 고개를 깊숙이 숙였다. 다행히 상관은 실패로 인해 그를 처분하지는 않을 것 같았다.

"마법사는 결국 조금 강력한 초능력자라고. 그런 놈한테 이렇게 휘둘리면 되겠나?"

"안…… 되겠죠?"

"그래, 바로 그거야."

우샹카이는 얼굴을 굳혔다. 상관의 말에서 심상치 않은 기색을 느낀 것이다.

"놈이 그렇게 껄끄럽고, 앞으로 상대하기 힘들어질 것 같으면 미리 대책을 생각해 둬야지. 어떤가?"

"암살 말씀이십니까?"

"암살. 암살도 좋겠지. 자신 있나?"

우샹카이는 빠르게 머리를 굴렸다.

어떻게 대답하는 게 그에게 이로운가?

솔직히 말해서 수현을 암살할 방법이 보이지 않았다. 지나치게 특징적인 방식을 사용했다가는 꼬리를 잡힐 것이고, 밖으로 나왔을 때 습격하는 건 자신이 없었다.

우샹카이의 가장 큰 장점은 판단력이었다. 욕심을 떠나서 그는 냉정하게 판단했다.

'초능력 상쇄 장치도 안 먹히고, 리우 신과 그 병력이 일제히 제압당한 데다가…… 초능력은 염동력과 치유 능력. 아무리 생각해도 가능성이 있어 보이지는 않는데.'

"힘들 것 같습니다만."

결국 선택은 꼬리를 내리는 것이었다. 괜히 할 수 있다고 말했다가 덤터기를 쓰는 것보다는 나았다. 우샹카이는 침을 꿀꺽 삼키며 그가 옳은 선택을 했기를 기도했다.

"왜지?"

"이미 리우 신의 팀이 한 번 실패했잖습니까."

"아, 그놈."

상관은 낄낄 웃어댔다. 리우 신은 다른 파벌에 속한 초능력자였다. 그의 실패는 고소할 수밖에 없었다.

"그렇지만 그건 붙어서 실패한 게 아니지 않나? 군인 상대로만 싸운 걸로 아는데."

"저는 리우 신을 잘 압니다. 그놈은 이길 수 있다고 판단했으면 덤벼들었을 겁니다."

"그래?"

"예. 명령 때문에 가만히 있었다고 했지만, 놈은 겁을 먹은 겁니다."

"크크크. 그놈도 별거 없군그래. 그래서? 리우 신이 실패했으니 우리도 힘들 거란 건가?"

"전면전으로는 힘들지 않겠습니까? 어중간한 팀들은 보내 봤자 의미도 없을 테고, 그나마 가능할 것 같은 팀들은 보내기에는 위험성이 너무 큽니다."

"우샹카이, 우샹카이……."

"……?"

"너는 다 좋은데 말이야. 언제나 고지식한 게 흠이야."

"……?"

"암살을 꼭 밖에 나가 있는 놈을 덮치는 방식으로 할 필요는 없지. 어떤 식으로 하든 상대만 죽이면 그게 암살 아닌가."

"예? 하지만 놈은 치유 능력자입니다. 게다가 한국 정부의 지원을 받고 있는데, 어떤 방식이 통하겠습니까?"

가장 흔한 독살도 수현한테는 가능성이 희박해 보였다. 독이 그를 죽이기 전에 치유 능력으로 버티면 한국 정부가 어떤 수단을 써서라도 그를 살리려고 할 것이다.

"예시가 그렇다는 거지. 적을 몰락시키는 데 꼭 폭력만을 써야 하는 건 아냐. 내가 예전에 왕원하오를 어떻게 보냈는지 잊었나?"

왕원하오. 우샹카이의 상관의 옛 정적이었다. 지금 그는 주요 권력 기관에서 모두 쫓겨나 몰락한 상태였다.

"여자와 뇌물로 엮어 보내셨습니다."

"그래, 생각을 유연하게 하라고. 세상에 돈 싫어하는 놈은 없지. 마찬가지로 여자를 싫어하는 놈도 없고. 김수현 같은 놈한테는 오히려 이런 방법이 더 잘 먹힐 수도 있어. 젊은 나이에 그만한 자리에 올라봐. 간이 붓지 않겠나?"

"……!"

우샹카이는 고개를 끄덕이며 최대한 감탄했다는 표정을 지었다.

"생각도 못 했습니다!"

"그게 너와 내 차이겠지."

'아오, 진짜…….'

상관이니까 이렇게 참지, 아니었다면 대번에 욕이 나왔을 것이다.

"놈이 방해가 된다지만 그건 결국 놈이 한국 정부와 함께 할 때의 이야기야. 돈이든, 여자든. 뭐든 써서 놈을 녹여 버려. 운이 좋으면 우리 쪽으로 포섭할 수도 있을 것이고, 운이 나빠도 흠집 정도는 낼 수 있겠지. 한국은 여론 신경 많이 쓰잖나. 도덕적으로 의심을 받으면 쓰기도 어렵겠지?"

잘난 척이야 그렇다 쳐도, 확실히 상관의 말은 그럴듯했다. 우샹카이는 수긍할 수밖에 없었다. 다만 그는 슬며시 불안해지는 걸 느꼈다.

'그놈한테 그런 게 통할까?'

직접 수현을 대면한 우샹카이였기에 그의 상관보다 더 직감적인 판단이 가능했다.

그의 안에서 수현은 괴물에 가까운 이미지였다. 그리고 괴물은 사람의 논리가 통하지 않았다.

물론 직감 때문에 상관의 명령을 거역할 생각은 조금도 없었지만.

"당장 착수하겠습니다."

"돈이야 쉽지. 한국 내 우리 쪽 회사 몇 개 있지? 위장시켜서 돈 좀 보내. 마법사니까 이유야 얼마든지 붙일 수 있겠군."

굳이 찾아보지는 않았지만 수현이 한국 정부에게서 받는 특권이 없을 리가 없었다. 그가 갖고 있는 권리들은 충분히 돈을 바칠 만한 이유가 됐다.

"여자도 보낼까요?"

"어, 그래. 중앙개척부 쪽에 그런 거 담당하는 요원 몇 명 있을 거야. 연락해서 부탁하라고."

"알겠습니다."

우샹카이는 자리에서 일어섰다. 그런 그가 나가기 직전에 그의 상관이 그를 불렀다.

"자네도 몸가짐 조심하라고."

"……저는 언제나 착실하게 살고 있습니다."

"나도 알아, 알지. 하지만 언제 어디서 훅 갈지 모르는 게 사람이잖나? 드래곤 슬레이어 프로젝트 때문에 파벌 갈려 나간 거 봤지?"

드래곤 슬레이어 프로젝트의 실패 때문에 중국 내에서도 폭풍이 불었었다. 책임자 몇몇은 사형당했다는 소문이 돌 정도로.

그러나 그건 참가하지 못한 파벌들에게는 기회였다. 각자 일을 벌여서 확실하게 입지를 굳히려고 눈치를 보고 있었다.

"이럴 때 확실히 굳혀놔야 한다는 건 다른 놈들도 비슷하게 생각하고 있을 거야. 이럴 때 가장 조심해야 하는 게 뭔지 알지?"

"역풍 말씀이십니까?"

"그래, 잘 아는군. 그러니까 사생활 관리 잘하라고. 우리 같은 사람들한테 가장 위험한 게 뭔지 알지? 뇌물, 여자, 마약이라고."

"예, 명심하겠습니다."

우샹카이는 등에서 땀이 배어 나오는 걸 느꼈다. 상관이 말하는 걸 보아하니 뭔가 눈치채고 말하는 건 아니었다.

'하긴, 눈치챘으면 저렇게 말할 리가 없지.'

그의 사생활은 아무도 눈치챌 수가 없었다. 그의 정적이라도 그건 마찬가지였다. 우샹카이는 스스로의 조심성에 자부심을 갖고 있었다.

우샹카이는 김수현을 타락시킬 계획을 궁리하며 복도를 걸어 나갔다.

그러나 그는 꿈에도 상상하지 못했다. 그의 사생활이 상상치도 못한 경로로 유출됐을 거라고는.

"요즘은 밖에 안 나가십니다?"

"어, 재밌는 게 생겨서 말이야."

수현은 루이릴이 갖고 온 자료에 빠져서 밤낮으로 탐독하고 있었다.

'오랜만에 보는 이름도 있었고……'

진뤄궁. 아는 사람들 사이에서는 유명한 초능력자였다. 물론 중국은 넓고 뛰어난 초능력자가 수두룩했지만 진뤄궁은 조금 달랐다.

현재 사기꾼 김종태가 접촉에 성공해서 작업에 들어간 초능력자였던 것이다.

중국 정부도 인재를 모으는 데에서는 다를 바가 없었다. 뛰어나고 쓸 만한 인재라면 민간인이라도 섭외했다. 최근 진뤄궁이 중앙군사위원회 소속 비밀조직에 들어갔다는 소식은 반가운 소식이었다.

'나중에 써먹을 수 있으면 좋겠는데.'

"그런데 너는 왜 안 나가냐?"

쉬는 날이면 언제나 나가서 돌아다니는 게 김창식이었다. 그런 그가 안에 있는 게 신기했다.

"아, 다름이 아니라…… 찰스 회장이 언제 오냐고 물으시던데요."

"음?"

"저번에 약속을 잡았다고 하셨는데, 아니었습니까?"

"약속? 그런 약속이……."

수현은 기억을 되살렸다. 사실, 요즘 관심이 가는 일들이 많아서 회장과 관련된 일은 뒤로 밀릴 수밖에 없었다.

"지금은 밖으로 나가는 게 곤란할 테니 어쩔 수 없겠지만, 제약이 풀리면 워싱턴으로 오게. 아주 멋진 제안이 있으니. 여기서는 말하기 힘들지만, 정말 좋은 제안이라는 것만 말해두겠네."

"아……."

'잊고 있었다는 건 말하지 말자.'

"없었습니까?"

"아니, 있었어. 원래 찾아가려고 했다고."

"아닌 것 같은데……."

"뭐라고 했나?"

"아무것도 아닙니다."

이제는 익숙해진 길을 따라 찰스 회장의 저택에 도착하자, 기다렸다는 듯이 회장이 수현을 반겼다. 그는 김창식을 밖으로 쫓아내자마자 입을 열었다.

"이야기는 잘 들었네. 그새 일을 벌였더군?"

"별거 아닌 일이었습니다."

"그게 별거 아닌 일이라면 세상일 대부분은 별거 아닌 일이겠지. 그렇게 크게 소란을 벌일 만한 일이었나? 정의에 관심이 있는지는 몰랐는데."

"딱히 정의 때문에 한 일은 아니고……. 겸사겸사 챙길 게 있어서 한 일이었죠."

"역시 그랬군."

"뭡니까. 제가 정의로우면 안 됩니까?"

"아, 아니, 그런 뜻이 아니라."

수현은 결코 이타적인 목적을 위해 스스로를 희생할 사람이 아니었다. 적어도 찰스 회장은 그렇게 생각했다.

"그래도 조심하게. 안 그래도 자네를 주목하는 사람이 많

아. 당장 미국 내에서도 나한테 접촉을 요청한 사람이 몇몇 있는데, 다른 곳에서는 더하겠지."

한국을 제외하고 본다면, 수현에게 가장 접근하기 쉬운 통로는 그나마 블루베어였다. 당연히 찰스 회장에게 연락이 갈 수밖에 없었다.

"어떤 요청이었죠?"

"글쎄. 다 돌려보내서 제대로 듣지는 못했지만…… 다양하겠지. 어떤 놈들은 마법사가 궁금할 것이고, 어떤 놈들은 포섭을 하고 싶어 할 것이고……. 어쨌든 서로에게 좋은 결과가 날 것 같지 않아서 도중에 잘랐네. 왜, 흥미가 생기나? 지금이라도 다시 연락해 줄 수 있는데."

"마음에도 없는 소리를 하시는군요."

수현이 다른 곳과 손을 잡을까 봐 안달을 하던 회장이었다. 그걸 잘 알고 있는 수현은 피식 웃었다.

"그래, 그렇지. 하고 싶은 말은 사실 조심하라는 말이었네. 알다시피 미국 쪽으로 접촉하려는 사람들은 대체로 위험하지는 않네. 물론 그중에서도 위험한 놈들은 위험하겠지만, 그들 중에서 자네를 위협할 정도로 위험한 놈들은 없다고 생각하거든."

어느 나라든 불법적인 일을 할 수 있는 용병들은 있었다. 다만 국가가 그걸 뒤에서 조종하는지, 아니면 금지하는지의 차이였지.

"그렇지만 중국이나 러시아는 그렇지 않지 않나? 게다가 자네는 벌써 두 번이나 그쪽을 엿 먹였고."

'사실 두 번이 아니지만.'

수현도 슬슬 몸조심을 해야 한다고 생각하고 있었다. 이미 부딪힌 것만으로도 그는 리스트에 올랐을 것이다.

아티팩트와 관련된 사건을 중국이 운 좋게 착각해 주면 다행이었지만 아닐 경우에는 그는 리스트에서 거의 가장 높은 곳까지 올라갔을 게 분명했다.

'뭐…… 어쩔 수 없지.'

이미 마법사라는 걸 공개했을 때부터 이 정도는 각오한 셈이었다. 이제는 피하거나 숨지 않고 부딪칠 시간이었다.

"제 걱정은 이 정도로만 하고 본론으로 돌아갑시다. 회장님, 정말 좋은 제안이라는 게 뭡니까?"

"응? 내가 그런 소리를 했었나?"

"……."

"농담일세. 일단 이야기하기 전에, 음료나 한잔하지."

"……?"

수현은 미심쩍은 표정으로 고개를 끄덕였다. 회장이 신호하자 시종이 무언가를 조심스럽게 들고 들어왔다.

"붉은돼지버섯을 아직까지 드십니까?"

"왜? 건강에 좋다지 않나. 그리고 자네를 부른 건 이것 때문이 아니네."

'뭐지?'

수현은 살짝 의아해졌다. 원래라면 붉은돼지버섯은 슬슬 인간한테는 아무 효과가 없다는 게 터져 나와야 했다. 그런데 아무런 소식도 없고, 회장은 좋아라 먹고 있었다.

물론 무해한 식용 버섯이니 피해자는 없었지만…….

'내가 한 것 때문에 뭔가 달라졌나?'

"자네에게 이걸 주려고 했네."

루비처럼 빛나는 진홍색 액체.

찰스 회장 정도 되는 사람이 무슨 수작을 부리지는 않았겠지만, 수현은 일단 조심부터 했다. 세상에 믿을 놈은 하나도 없으니까.

'이건…….'

"뭔지 알겠나?"

"회장님은 알고 계십니까?"

"이걸 갖고 온 놈은 이걸 드래곤의 피라고 하더군."

수현은 실소를 흘리며 물었다.

"그래서 그걸 믿으셨습니까?"

"나한테 알츠하이머병이 오지 않는 한 그걸 믿지는 않지. 애초에 드래곤이 피를 흘리는지도 의문이야. 드래곤이 피를 흘리나?"

"어…… 아마 흘리지 않을까 싶습니다만. 일단 생물이잖습니까."

"그래? 자네가 그렇게 생각한다면 그럴 가능성이 크겠지. 혹시 나중에 진짜 용의 피를 구하게 된다면 나한테 조금이라도 가져다줬으면 좋겠네."

"됐습니다. 전 드래곤은 무조건 피하면서 살 겁니다."

드래곤을 잡아서 얻을 수 있는 건 어마어마했지만, 드래곤 사냥은 자살행위나 마찬가지였다. 수현은 예전보다 훨씬 강해진 지금에도 드래곤을 상대할 방법이 보이지 않았다.

"용의 피를 마시면 영원히 살 수 있을지도 모르는데 말이야."

"직접 구하러 가시죠. 그보다 어스 드래곤의 피는 영생과는 상관이 없습니다. 정력에는 좋겠지만."

"……!"

찰스가 놀란 눈으로 수현을 쳐다보았다. 피를 아직 마시지도 않고 냄새만 맡았는데도 이게 뭔지 알아채다니.

"어떻게 알았나?"

"경험과 관찰력이죠."

"그래? 어스 드래곤은 이 주변 구역에서 찾기 힘들 텐데?"

'아차.'

그러나 찰스는 그다지 깊게 생각하지 않는 듯했다. 수현은 워낙 자유분방한 인물이니 알려지지 않은 곳까지 깊숙하게 다녔어도 이상할 게 없다고 생각한 것이다.

"그 탐험가 놈이 사기를 치려고 했지만, 어쨌든 반은 맞는 말 아닌가."

"어스 드래곤도 드래곤 계열이긴 하죠……. 호랑이와 새끼 고양이 수준의 차이지만. 그런데 설마 어스 드래곤 피 마시려고 저 부르신 건 아니겠죠?"

"설마 그러겠나. 중요한 건 이 어스 드래곤의 피가 아니라, 이 어스 드래곤을 잡은 위치라네."

"……?"

생각해 보니 어스 드래곤은 이 주변에서 나오는 몬스터가 아니었다. 어느 방향으로든 한참은 가야 했다.

"설마?"

"눈치가 빠르군."

지금 밝혀진 곳 중에서 어스 드래곤을 가장 쉽게 볼 수 있는 곳이라면 하나밖에 떠오르지 않았다. 그리고 회장이 저렇게 의미심장한 표정을 짓는다면…….

드라고니아 분지. 드래곤의 땅.

"설마 드라고니아 분지에 들어가서 잡은 놈입니까?"

"아니, 그건 아니고."

"……."

수현은 김이 빠진 얼굴로 회장을 쳐다보았다. 하긴, 생각해 보니 어스 드래곤 하나 잡겠다고 드라고니아 분지에 들어가는 놈은 없을 것이다. 아무리 드래곤이 게으르다지만 공포는 쉽게 가시는 게 아니었다.

"거기 바깥으로 기어 나온 놈을 잡았지. 무슨 뜻인지 알겠나?"

현재 미국과 한국의 영역은 남쪽의 에우터프, 거기서 더 남쪽으로 가면 나오는 길목인 카크리타 계곡, 그리고 그 밑의 드라고니아 분지를 한계선으로 정지되어 있었다.

원래라면 제2의 도시가 되었을 드라고니아 분지는 드래곤 때문에 접근 불가의 땅으로 변해 버렸다. 아무도 그 주변에 얼씬거리지 않았다.

"드라고니아 분지를 우회해서 밑으로?"

"바로 그걸세."

회장은 만족스럽다는 듯이 손뼉을 쳤다. 카메론은 넓고 넓었다. 드래곤의 영역인 드라고니아 분지를 침범할 수 없다면, 그 주변을 우회해서 넘어가면 됐다.

물론 이건 어디까지나 안전한 곳에 있는 사람의 생각이었다.

몬스터가 일정 영역을 벗어나지 않는다는 건 법칙에 가까운 사실이었지만 언제라도 드래곤이 날갯짓을 하면 닿을 거리에서 사업을 벌일 사람은 없었다.

찰스 회장을 제외하고서는.

"드래곤 슬레이어 프로젝트 때문에 인류는 너무 움츠러들였네. 드래곤한테 제대로 겁을 먹었지. 자네, 드래곤 슬레이어 프로젝트 이후 이주민들이 얼마나 줄었는지 아나?"

"관심 없습니다. 저는 어차피 여기를 떠나지 않을 테니까요."

카메론 행성에서 살고 있는 이들은 모두 근원적인 공포를 갖고 있었다.

지금은 몬스터가 가만히 있지만, 만약 미쳐서 사람들이 살고 있는 도시에 들어와 날뛰기 시작한다면?

일반적인 몬스터라면 모를까 드래곤이 덤벼든다면 재해나 마찬가지였다. 겁을 먹지 않을 수가 없었다.

"그래, 일어나지도 않은 일에 겁을 먹는 건 얼간이뿐이지. 문제는 최전선에서 뛰어야 할 놈들도 겁을 먹었다는 거야. 내가 돈을 그렇게 뿌렸는데도 그 주변으로 가는 탐험가 팀이 손에 꼽히네."

"그야 다들 죽기는 싫지 않겠습니까? 회장님도 그러시면서 너무 뻔뻔하게 요청하지는 맙시다."

"거, 나를 너무 나쁜 사람으로 몰지는 말게. 이래 보여도 줄 건 다 줘가면서 고용하고 있다고. 내가 억지로 보낸 사람은 한 사람도 없어."

찰스는 탁자 위에 홀로그램 입체로 만들어진 지도를 켜고 서는 손가락으로 가리켰다.

"카크리타 계곡에서 내려가면 여기서부터가 드라고니아 분지지. 이 주변을 제외하고 움직인다면 아무런 문제가 없어. 드래곤 슬레이어 프로젝트가 충격적이기는 했지만 결국 사람들은 잊고 극복하게 마련이지. 언젠가 개발될 곳이라면 선점하는 놈이 언제나 유리하지 않겠나?"

"맞는 말씀이기는 합니다."

물론 카메론에서는 드래곤 하나를 피한다고 모든 문제가 해결되는 건 아니었다.

드라고니아 분지에서는 문제점이 드래곤 하나뿐이라면, 다른 곳에서는 드래곤을 제외한 몬스터들이 수두룩했다.

"나는 여기, 카크리타 계곡의 동남쪽인 인슈린 구역을 선점하고 싶네."

"회장님, 여기에 뭐가 있는지는 아십니까?"

"자네도 알고 있었나? 한국도 정보력이 만만치 않군."

'나만 알고 있는 거지만.'

탐험가를 보내서 정보를 알고 있는 찰스 회장은 아쉽다는 듯이 입맛을 다셨다. 수현을 놀라게 하려고 했던 계획은 실패였다.

"그래, 다크 엘프들이 있지."

오크나 엘프, 드워프 정도면 인류에게 호의적인 이종족이었다. 그러나 다크 엘프들은 절대로 호의적이지 않았다. 샤이나 같은 다크 엘프는 별종이었다. 괜히 사람들이 샤이나를 보면 놀라는 게 아니었다.

"하지만 우리가 언제 그런 것에 겁먹었나? 먼저 공격해 온다면 받아칠 뿐이지."

"누가 미국인 아니랄까 봐……. 회장님, 그게 정말 좋은 제안이라면 조금 실망스럽고, 앞으로 하는 말씀은 대충 걸러 들어야 할 것 같습니다만."

인슈린은 분명 탐이 나는 곳이었지만, 지속적인 게릴라 공격을 해오는 다크 엘프들과 몬스터들을 상대하면서 취할 곳은 아니었다.

그런 건 아쉬운 사람들이 하면 됐다. 지금 수현이 할 필요는 없었다.

찰스 회장이 손을 뻗었다. 그는 자신만만한 표정이었다.

"당연히 그것뿐만이라면 내가 자네를 부르지도 않았지. 나한테도 블루베어가 있는데. 탐험가가 아주 재밌는 정보를 들고 왔네."

"뭡니까?"

"그쪽 다크 엘프들한테 비약이 있다더군. 초능력 강화의 비약이."

수현의 표정이 미묘해졌다. 이종족이 갖고 있는 물건들은 언제나 반신반의의 대상이었다. 정말로 효과가 있는 것들도 있었지만, 몇몇 물건은 그저 미신에 불과했다.

수현의 표정을 눈치챘는지 찰스 회장이 물었다.

"왜 그러나? 설마 초능력을 강화시켜 준다는 물건에 관심이 없나?"

"아뇨, 그럴 리가."

초능력은 단련으로 성장한다는 게 정설이었지만, 그건 불규칙하고 정해진 이론이 없었다. 수현처럼 염동력이 갑자기 성장한 케이스는 매우 드문 케이스였다.

'게다가 그건 아마 마법사로 각성해서 그런 것일 테고.'

지금 한참 시간 조종 능력으로 고민하고 있는 수현에게 초능력 강화의 비약은 솔직히 솔깃한 물건이었다.

문제는 너무 솔깃하다는 점이었다.

'이 인간…… 알고서 수작을 부리는 건 아니겠지, 설마.'

아무리 그래도 찰스 회장이 수현이 시간 능력을 각성했다는 걸 알지는 못할 것이다. 알고 있다면 이런 태도를 보일 리 없었다.

지나치게 탐이 나는 물건이 바로 굴러온 상황. 이럴 때는 조심해야 했다. 찰스 회장이 숨겨진 의도를 가지고 있지 않더라도 이건 만만한 일이 아니었다.

아니, 애초에 저 비약이라는 게 정말로 있는 물건인가?

"만약 맡게 된다면 어떻게 움직이게 됩니까?"

"자네 팀과 블루베어 상위 팀으로 구성해서 보낼 생각일세. 그 주변 위험을 확인하고, 필요하다면 제거한 후 쓸 만한 것들을 확보해서 돌아오면 되네. 그 와중에 비약 관련된 일은 블루베어가 협조해 줄 테고, 그건 자네가 독점해도 상관하지 않지."

"……."

수현은 오랜만에 고민에 잠겼다. 일단 함정은 아니었다. 블루베어 상위 팀을 같이 보내는데 그런 짓은 할 수 없었다.

인원 구성을 보면 회장의 목적은 명료했다. 인슈린 구역은 아무래도 불안할 수밖에 없으니 지금 단일 전력으로는 최강에 가까운 수현을 넣어서 내부, 외부의 불안을 잠재우겠다는 게 분명했다.

수현의 팀과 블루베어 상위 팀이 같이 움직인다면 어지간한 팀은 비교할 수도 없는 강력한 전력이었다.

그러나 회장이 이번 일에서 누리는 이익은 명확했지만, 수현이 누리는 이익은 애매했다.

만약 저 비약이라는 게 없다면?

회장이 의도했든 의도하지 않았든 수현은 손해를 보는 셈이었다. 돈과 이권이야 들어오겠지만 수현이 지금 그것 때문에 일에 뛰어들 상황이 아니지 않는가.

결국 수현이 판단을 내려야 했다. 회장이 갖고 있는 정보가 과연 그가 직접 뛰어들 정도로 신빙성이 있는 정보인지.

"그 탐험가가 갖고 왔다는 것 좀 보여주시죠."

수현의 말에 회장은 씩 웃었다. 수현이 드디어 흥미를 보이기 시작한 것이다.

"후……."

회장과의 만남이 끝나고서 돌아온 수현은 자료를 내려놓았다.

찰스는 성실하게 자료를 제공했다. 그의 태도와 반응을 보았을 때, 그가 무언가를 꾸미고 있다고는 생각되지 않았다.

물론 그렇다고 해서 그 정보가 확실하다는 보장은 없었지만.

'탐험가가 갖고 온 걸 봤을 때…… 그럴듯하기 하다.'

찰스는 꽤나 공을 들여서 사전조사를 했다. 우선 그쪽에 간 탐험가들부터가 인간이 아니었던 것이다.

다크 엘프들이 대체로 타 종족에 배타적이기는 했지만, 인간에게는 특히 더 배타적이었다. 그래서 회장은 드워프들로 구성된 탐험대를 보냈다. 다크 엘프라고 무조건 통일된 이들은 아니었다. 그들 중에서도 몇몇은 외부와 접촉을 선호하는 이들이 있었고, 또 몇몇은 매수가 가능했다.

드워프들은 그런 다크 엘프들에게 접촉했다. 말은 간단했지만 꽤나 긴 공작 끝에 가능한 일이었다. 드래곤 슬레이어 프로젝트 이전부터 준비했던 것이 분명했다.

원하는 건 인슈린의 총체적인 정보.

어떤 지형에 어떤 자원이 있고, 어떤 몬스터가 있는지.

그러던 도중 흥미로운 정보가 굴러 들어온 것이다.

다크 엘프들에게는 초능력 강화의 비약이 있다고.

드워프들은 회장의 충실한 고용인이었고 그가 흥미를 가질 것 같은 정보는 일단 챙겼다.

인슈린의 다크 엘프들은 부족별로 나누어서 생활하고 있었고 외부의 적이나 긴급한 상황이 일어날 경우에만 뭉쳐서 행동했다.

초능력 강화의 비약은 그 부족 중 하나가 갖고 있다는 소문이었다.

'소문, 소문······.'

믿을 수는 없지만 무시할 수도 없는 게 소문이었다.

'정말 있다면 효과는 확실할 것 같기는 한데······.'

"뭐 보고 있어?"

"아."

"반응이 왜 그래? 내가 보면 안 되는 거야?"

들어온 건 샤이나였다. 수현은 새삼스럽게 그녀의 종족을 떠올렸다.

'얘도 다크 엘프였지?'

"샤이나, 이거 좀 봐볼래? 그럴듯한 정보일까?"

"뭔데 그래? 어…… 인슈린? 으, 거기는 왜?"

샤이나는 질색을 하며 고개를 저었다.

"네가 거기 출신이었나?"

"아주 예전에 떠났지. 초능력 강화의 비약? 아, 응. 있을 거야."

"뭐?!"

선선하게 수긍하는 샤이나의 모습에 수현은 벌떡 일어섰다.

"정말로?!"

"어? 어?"

"그런데 왜 이제까지 아무런 말도 안 한 거야? 그런 게 있는데!"

"그야 그게 있다고 해봤자 의미가 없으니까 그렇지!"

당황한 와중에도 샤이나는 침착하게 대답했다. 수현은 흥분을 가라앉히고 물었다.

"그게 무슨 뜻이야?"

"만드는 데 필요한 게 너무 많아서 하나 만드는 것만 해도 몇십 년은 족히 걸려. 내가 떠날 때만 해도 남아 있는 게 없었거든. 있다고 한다면……. 그사이 만들었나 보네."

"……."

샤이나의 말은 수현에게 크나큰 도움이 되었다. 일단 그 비약의 레시피가 존재한다는 것만으로도 도전할 가치가 생겼으니까. 정 약이 없다면 그 레시피라도 챙겨오면 됐다.

하기로 마음이 굳혀지자 이제는 그 지역의 다크 엘프들이 걱정이 됐다. 원한다고 멋대로 덤벼들었다가는 그가 법정에 끌려갈 수 있었다. 수현이 거기서 뭘 하더라도 그 인원들이 고발하지는 않겠지만, 회장 같은 능구렁이한테 약점을 쥐여 주는 건 사절이었다.

"샤이나, 이번에 인슈린에 가게 되면 혹시 교섭 역을 맡아 줄 수 있겠어?"

"어? 내가?"

샤이나는 생각지도 못했다는 듯이 귀를 쫑긋거렸다. 수현은 고개를 끄덕이며 말했다.

"부족이 불편하면 하지 않아도 괜찮아. 이번 일에 빠져도 뭐라고 할 생각은 없고."

"아니, 그런 건 아니야! 할 수 있어!"

"정말? 괜찮겠어?"

다크 엘프가 인간들 사이에서 돌아다니는 건 애초에 같은 종족과 무슨 문제가 있어서임이 분명했다. 그걸 알고 있었기에 수현은 샤이나를 배려하려고 했다.

그러나 샤이나는 완고하게 참가하겠다고 뜻을 밝혔다.

"내가 다른 사람들하고 얼마나 친하게 지냈는데. 내가 가면 다들 환영해 줄걸?"

"……갑자기 신뢰성이 뚝 떨어지는데. 무리하지 말고. 그냥 있는 그대로 말해. 괜히 도움되려고 무리할 필요 없으니까."

속마음을 정확하게 찔린 샤이나는 얼굴을 붉혔다.

"아니, 교섭 역은 충분히 할 수 있을 거야."

"그래? 그러면 부탁하지. 가자마자 총을 들이대지 않는 정도면 괜찮아."

"응, 알겠어."

샤이나와의 대화가 끝나고 수현은 회장에게 연락할 준비를 했다. 그러나 먼저 온 연락이 있었다.

김종태한테서 온 연락이었다.

'뭐지?'

"내가 보고할 때는 직접 와서 보고하라고 하지 않았나?"

"죄, 죄송합니다."

통화 너머로 헐떡이는 김종태의 목소리가 들렸다. 수현은 눈살을 찌푸렸다. 평소와 다른 모습은 좋은 징조가 아니었던 것이다.

"지금 제가 사정이 있어서 그쪽으로 가서 보고를 할 수가 없습니다. 정말 죄송한데 와주실 수 있겠습니까?"

"뭐?"

김종태는 계속 헐떡이면서 위치를 말한 후 연락을 바로 끊었다. 수현은 어이없다는 듯이 혀를 찼다.

"뭐 하자는 수작이지?"

"과연 통할까요?"

"통해. 억지로 거짓말을 해서 불러내는 것보다 이런 식으로 궁금하게 만드는 게 더 낫다고."

"놈이 외부 병력이라도 데리고 온다면……."

"아니, 놈은 그러지 않아. 데리고 온다고 하더라도 기껏 초능력자 한둘 정도 데리고 올 거다."

김종태는 자신만만한 표정으로 그의 뒤에서 대기하고 있는 이들에게 말했다. 그들은 초능력자가 아니었다. 중국 측에서 일하고 있는, 대(對)초능력자 스페셜리스트인 군인들이었다.

'놈도 나와의 접촉을 그렇게 공개적으로 알리고 싶어 하지 않는 것 같았어. 게다가 놈은 마법사. 내가 놈을 건드릴 방법이 없다고 얕보고 있을 테니 아주 오만하게 걸어 들어오겠지.'

김종태의 예측은 정확하게 맞아떨어졌다. 수현은 호위 한 명 데려오지 않고 약속 장소에 찾아온 것이다.

평양 외곽의 폐공장에서 느껴지는 인기척에 수현은 비웃음을 흘렸다.

'벌써 잘라낼 때가 됐나?'

쾅!

"김종태, 내가 직접 찾아오라고 했을 텐데. 설마 내 말이 우습게 들렸나?"

대답은 위에서 들렸다. 2층의 난간에서 몸을 드러낸 김종태는 입가를 씰룩이며 말했다.

"가끔은 네가 찾아와야 하지 않겠냐?"

"전만 해도 굽신거리던 놈이 이렇게 나온다는 건……. 뭔가 믿고 있는 구석이 있나 보군. 그래, 뭘 믿고서 날 이렇게 불렀지?"

"초능력을 써봐라. 그러면 알게 될 거다."

"……?"

수현은 염동력을 발동시켜 보았다. 느껴지는 이질감이 있었다. 공기에서 느껴지는 독기, 그리고 초능력 발동에 걸리는 장해까지.

'초능력 상쇄 장치에, 마비 계열 독, 거기에 군인까지? 준비 잘했군.'

원견으로 구석에서 마스크를 쓴 채 무장하고 있는 병력들이 보였다. 수현은 진심으로 감탄하며 말했다.

"초능력 상쇄 장치라니, 그사이 중국인들을 구워삶아서 갖고 온 거냐? 정말 능력 하나는 대단하다니까."

"이 와중에도 허세냐? 설마 내가 독 때문에 널 못 죽일 거라고 생각하는 건 아니겠지? 초능력이 봉쇄되면 네 독도 발동은 못 해."

"흠."

수현은 고개를 갸웃거렸다.

"내가 마법사인 건 알고 있지?"

"그래서 그게 뭐 어떻다고?"

"리우 신 관련해서 중국 쪽에 보고서가 올라갔을 텐데, 그거 못 봤나?"

김종태는 수현의 태연한 태도에서 점점 불안해지는 걸 느꼈다.

"……못 봤는데."

"멍청한 놈, 아무리 접근 경로가 달라서 볼 수 없었다지만 마법사를 상대를 하는데 그만한 준비는 했어야지."

수현이 손을 들어 올렸다. 갑자기 위기감을 느낀 김종태가 입을 열었다.

"모두 놈을 쏴……."

퍼퍼퍼퍼퍼퍽!

초능력 상쇄 장치와 적을 동시에 제압하는 일격. 수현은 허공에 손을 한 번 휘두르는 것으로 적을 쓰러뜨렸다.

김종태의 눈이 크게 떠졌다.

"종태야, 종태야…… 우리 나름 친하게 지내지 않았나?"

공기에 퍼진 독을 한 번에 모아서 흡수해 버린 후, 수현은 천천히 2층으로 올라갔다. 김종태는 질려서 도망갈 생각도 하지 못했다.

"크어억!"

독이 격발되자 고통이 치밀어 올랐다.

"그런데 이렇게 뒤통수를 치다니. 실망이군. 저번에 진뤄 궁한테 접촉하는 데 성공했다고 보고해서 기대가 컸는데. 그 일만 잘 끝나면 풀어주려고 했었다고."

'어디서 개도 안 믿을 거짓말을…….'

고통 속에서 김종태는 속으로 중얼거렸다. 수현 같은 악독한 놈이 그를 풀어줄 리 없었다.

고통이 멎었다.

"헉, 헉헉……."

"이 병력들은 어디서 데려왔냐? 준비한 거 보니 아무 데서나 구할 수 있는 놈들은 아닌데."

"진, 진뢰궁의…… 연줄로……."

"거참, 재주만 보면 참 대단한 놈이라니까. 관련 보고서는 어디 있나? 설마 나 죽이려고 그것도 안 챙기지는 않았겠지."

수현의 태도에서 김종태는 일말의 희망을 보았다. 그는 손을 벌벌 떨며 칩을 꺼내 던졌다.

"흠, 그래. 나한테 뭐 할 말 없나?"

"잘못했습니다. 제가 주제를 모르고……. 이번 한 번만 기회를 주신다면 반드시 견마지로를 다해서……!"

휴대용 컴퓨터로 칩에 든 데이터를 확인하며 수현은 김종태의 말을 귓등으로 흘렸다.

"흠, 진뢰궁이 맛이 갔다 이거지."

"충성을 바치겠습니다!"

"어? 아, 미안. 안 듣고 있었어."

수현은 칩을 품속에 챙기며 말했다.

"충성은 고마운데 말이야. 난 기회를 한 번만 주거든."

"잠, 잠, 잠깐만……!"

"너 같은 놈은 한 번 실패했다고 포기할 놈이 아니지. 두 번째는 내가 당할지도 모르잖아? 언젠가는 내가 상상하지도 못할 방법을 들고 올지도 모르지.”

대답도 듣지 않고, 수현은 김종태의 숨통을 끊었다. 오래
갈 거라고 생각한 관계는 아니었지만, 생각보다 빠르게 파국
을 맞은 셈이었다.

‘위험한 놈은 빠르게 끊고 가야지.’

현재 수현이 마법사라는 것만 알려졌지, 그것에 대한 자세
한 정보는 퍼지지 않아서 이런 멍청한 함정을 팠을 것이다.
거기에 수현이 독에 면역이라는 것도 모르고 있던 게 한몫했
을 것이고.

초능력자를 상대로 하는 싸움은 꼬리를 무는 것과 비슷했
다. 초능력자가 나왔고, 초능력자를 무력화시키는 기술이 나
왔다.

그 기술을 무력화시키는 마법사가 나왔으니 언젠가는 그
마법사를 무력화시키는 기술이 나올지도 몰랐다.

‘역시 정답은 시간인가……’

어떤 기술도 그 기술이 발동되기 전에 끊어버리면 의미가
없었다.

“오랜만!”

"그래, 오랜만이군."

"안녕하십니까. 저번보다 인원이 는 것 같군요."

활기차게 인사하는 제니퍼와 인사를 나누고 수현은 물어오는 스콧에게 대답했다.

"새로 인원을 뽑았지."

"김수현 팀장님이 뽑을 정도면 꽤나 뛰어난 인재겠군요."

수현은 대답 대신 고개를 끄덕였다. 구중철한테는 많은 기대를 하고 있었다. 겉으로 보기에는 별거 없어 보였지만 그는 갈고닦는 맛이 있는 인재였다.

"블루베어는 1팀과 2팀인가?"

"예, 사전에 합의하신 대로 명령권은 팀장님에게 드리겠습니다. 직접 명령하셔도 되고 저한테 말씀하셔도 됩니다."

"어차피 이번 일은 그렇게 위험하지는 않을 거야. 무조건 상대해야 하는 몬스터도 없고. 위험하다 싶으면 빠지자고."

"알겠습니다."

"드워프 탐험대는?"

"저기 있습니다."

예전에 수현이 목숨을 구해준 적 있는, 무자크와 다른 이들이 손을 흔들었다. 만약의 경우에 다크 엘프들과 접촉할 수 있도록 일행에 참여한 것이었다.

"이렇게 보니 꽤나 대규모군."

"회장님께서는 적은 인원으로 갔을 때 닥칠 위험을 걱정하셨습니다."

"그렇긴 하지. 몬스터보다는 다른 종족이 더 위험하니……."

수현은 대화를 마치고 출발할 준비를 했다. 여기에 있는 인원은 모두 프로였고, 같은 소리를 굳이 반복해서 할 필요가 없었다.

드라고니아 분지를 우회하면서 수현은 저 멀리 솟구쳐 있는 산맥을 쳐다보았다. 드래곤이 이쪽으로 오지 않을 거라는 걸 알면서도 긴장감이 드는 건 어쩔 수 없었다.

'과연 드래곤을 상대로 내가 얼마나 할 수 있을까?'

물론 드래곤과 싸울 생각은 조금도 없었다. 수현은 기본적으로 드래곤과 부딪힐 일이 있다면 가장 먼저 피하거나 도망칠 방법부터 궁리할 것이다.

그러나 그것과는 별개로 미리 판단을 내려보는 건 중요했다. 일어날 일이 없더라도 먼저 머릿속에서 많이 상상을 해보면 실제로 일어나더라도 당황하지 않을 수 있었다.

'가장 먼저…… 인원을 산개시켜야 하나.'

드래곤 상대로 뭉쳐 있어 봤자 의미가 없었다. 최대한 산개시켜서 적을 혼란시켜야 했다.

　그렇다면 그다음은?

　'놈의 방어를 뚫어야 해.'

39장
인슈린(1)

문제는 드래곤의 방어를 뚫을 만한 방법이 딱히 떠오르지 않는다는 점이었다. 수현의 염동력이 강력한 창이라고는 하지만 드래곤에게 먹힐지는 확실하지 않았다.

　'놈이 힘을 쓰는 범위를 보면 절대 나보다 아래는 아닌데…….'

　수현의 독공도, 오크들한테서 갖고 나온 드래곤 브레스도, 초능력을 카운터 칠 수 있는 분쇄기도 드래곤 상대로는 전부 다 부족한 느낌이었다.

　결국 이것도 마찬가지였다. 최근 수현은 강해지기 위해서는 시간을 다루는 능력을 개발할 수밖에 없다는 걸 절감하고 있었다.

이미 염동력이나 독공 같은 건 더 이상 올라갈 수 없을 정도로 한계를 느끼고 있었던 것이다.

"전방에 몬스터 출현. 몬스터가 출현했습니다. 어떻게 할까요?"

"블루베어 측에서 처리할 수 있나?"

"예, 이 정도는……."

"방심하지 말고 처리해. 문제 생기면 바로 신호를 보내라. 지원하겠다."

같이 움직인다고 다 붙어 다니는 건 아니었다. 카메론에서 그런 방식은 선호되지 않았다. 적당한 거리를 두되 무슨 일이 일어나면 언제라도 협력할 수 있도록 하는 게 가장 무난한 방식이었다.

현재 블루베어 팀은 이 주변을 먼저 와본 적이 있는 드워프 탐험대를 앞에 세워서 움직이고 있었다. 잘나가는 용병 회사의 상위 팀답게 그들은 나무랄 데 없이 훌륭하게 행동했다.

정찰용 드론을 띄우고 탐지기를 작동시켜 전방은 물론이고 측면이나 후방에서 나타날 수도 있는 몬스터의 습격도 원천차단 시켰다.

'깔끔하군. 배우게 하고 싶을 정도야.'

수현의 대원들도 이제 카메론의 전문가라고 할 수 있었지만 수현의 눈에는 아직도 부족하게 느껴졌다.

"으, 적응 안 되네요."

"빨리 적응하는 게 좋을 거다."

"이런 곳이 뭐가 좋다고 사는 거야?"

대원의 중얼거림과 함께 루이릴이 투덜거렸다. 울창한 숲과 녹색 평야에서 지낸 그녀는 이런 식의 척박한 땅에 익숙하지 않았다. 인슈린은 사막에 가까운 황무지였다.

"몬스터는 적은 편이거든? 아메스 평야처럼 몬스터가 많이 몰려드는 곳보다는 훨씬 낫지 않아?"

그에 비해 샤이나는 오랜만에 신이 나 있었다. 타고 있는 호랑이가 축 늘어져 있는데도 아랑곳하지 않을 정도로.

"아메스 평야도 많은 편은 아닌데."

"그 정도면 많은 거지. 엘프들은 거기서 어떻게 사나 몰라?"

"지금 시비 거……."

"그만. 앞에서 블루베어가 싸우는데 뭐 하는 거야? 심심하면 일이라도 만들어줘?"

서로 데면데면하게 지내던 두 이종족이 모처럼 날을 세우고 맞붙으려 하자 수현이 끊었다.

수현은 원견으로 주변을 둘러보았다.

예전에는 탁 트인 지형보다 엄폐물이 많은 지형을 선호했었다. 그는 정면 승부보다 함정과 기습, 온갖 책략을 구사해서 상대를 괴롭히는 걸 선호했기 때문이었다.

그러나 능력이 바뀌자 이제는 이렇게 탁 트인 지형이 편했다. 멀리서 접근하는 몬스터를 파악하기 쉽고, 적을 손쉽게 요격 가능했기 때문이다.

"샤이나, 여기 저 모래 폭풍은 언제쯤 가라앉지?"

"응? 그거 그냥 불규칙하게 계속 생기는 거라서……."

'젠장, 원견이 있어도 쓸모가 없군.'

저렇게 통째로 시야를 막아버리면 아무것도 볼 수가 없었다. 다행히 여기 있는 인원들이 저런 모래 폭풍을 맞는다고 쓸려 나갈 인원들은 아니지만…….

그 와중에 블루베어 팀원들은 착실하게 몬스터를 쓰러뜨리고 있었다.

인슈린에서 흔히 보이는, 늑대를 닮은 몬스터는 어지간한 탄환 정도는 맞아도 끄떡없는 단단한 털을 갖고 있었다. 멀리서 보면 흡사 바위 같았다.

콰콰쾅!

물론 A급 초능력자들 앞에서는 그런 게 무의미했지만.

"맥클레인 아가씨, 벌써부터 그렇게 힘을 쓰시면……."

"괜찮아, 괜찮아."

도금된 리볼버 권총의 총구에 입김을 불며 제니퍼는 쓰러진 몬스터를 쳐다보았다.

"이 정도로는 지치지도 않고. 만약을 대비해서 초능력 보충제도 갖고 왔으니까."

"초능력 보충제……. 써도 되겠습니까?"

"뭐 어때서. 딱히 숨기라는 말도 없었잖아?"

회장 산하 기업에서 새로 나온, 초능력자의 소모된 초능력을 빠르게 회복시켜 주는 물건. 아직은 공표되지 않았고 휘하 팀원들만 요긴하게 사용하고 있었다.

초능력자들 사이의 전투에서 초능력의 완급이 얼마나 중요한지를 생각해 본다면 보충제의 중요성은 더 이상 말할 필요가 없었다.

보통 초능력자들은 과도한 초능력 사용으로 인한 탈진을 두려워했기에 적당히 선을 두어가면서 쓰는 것이다. 그러나 저 보충제는 저런 한계를 없애주었다.

"쓸 일 없으면 그대로 숨기고, 만약에 쓸 일이 생기면 엄청나게 생색을 내면서 알려주는 거야. 깜짝 놀라겠지?"

"글…… 쎄요?"

수현이 놀라는 건 상상이 가질 않았다.

그러는 사이 일행은 다시 이동을 시작했다.

"그나저나 1팀을 데리고 온 게 잘한 건지 모르겠군요. 우리야 괜찮지만 1팀은 그게 또 아닐 텐데."

"어쩔 수 없잖아. 1팀을 빼기에는 케릭 능력이 너무 여기

랑 잘 맞고."

"그렇긴 하지만요."

스콧은 걱정스러운 표정으로 블루베어 1팀 대원들을 쳐다
보았다. 겉으로는 아무런 기색도 보이지 않았지만, 오히려
그게 더 걱정되었다.

그들은 스스로의 능력에 자부심을 갖고 있었다. 아무리 마
법사라지만 외부인 밑에서 일하라고 하는 것에 대해서 긍정
적으로 받아들이기는 힘들 것이다.

'케릭이 멍청한 사람은 아니니까.'

스콧은 그렇게 생각하며 화이트먼을 쳐다보았다. 이렇게
감정 수습 못 하는 애송이와는 질적으로 다른 인재였다.

"예? 왜 저를 쳐다보십니까?"

"아냐, 아무것도."

"……?"

뭔가 불쾌한 기분이 들어 화이트먼은 고개를 갸웃거렸다.

"그나저나 블루베어 1팀은 얼마나 강한 겁니까?"

"2팀하고 그렇게 크게 차이가 나지는 않지. 사실 어디 가
나 상위 팀 전력은 대체로 비슷비슷해. 들어온 순서나 상징

성이 있어서 그렇지……. 물론 1팀이 가장 강력한 전력인 건 분명해. 블루베어 같은 미국계 회사라면 더더욱 그렇고."

굳이 제니퍼가 사장의 딸이라는 건 넣지 않았다. 그녀가 인맥으로 여기까지 올라온 게 아니라는 걸 잘 알고 있었기 때문이었다.

'케릭 페릭스. 아주 모범적인 인재지.'

수현도 스콧이 걱정하는 것 정도는 알고 있었다. 그래서 명령도 스콧에게 내리고 있었다. 1팀의 자존심이 있을 테니 굳이 그걸 건드릴 필요는 없었으니까.

1팀의 팀장인 케릭은 교과서적인 예의로 수현을 대했다. 어떤 무례한 태도도 보이지 않았다. 그 밑의 대원들도 마찬가지였다. 케릭이 통제하고 있는 게 분명했다.

사실 저게 원칙이었다. 그렇지만 매번 기본 원칙도 못 지키는 불량한 용병만 수두룩하게 만나오다가 원칙을 지켜가며 행동하는 이들을 만나니 신선한 기분이 들었다.

'능력은 흙모래의 광범위한 조종.'

능력을 본 순간 회장이 왜 1팀을 넣었는지 알 것 같았다.

지형의 영향을 많이 받는 초능력이 있다. 스콧의 스톤 월 같은 것도 지형의 영향을 받는 편이었다.

그리고 케릭의 초능력의 경우는 이런 지형에서 극대화됐다. 그것도 매우 극단적인 수준으로.

어쨌든 스콧이 가운데서 완충 역할을 하고 있으니 굳이 거리를 좁힐 필요는 없었다. 일을 하러 왔으니 일만 하면 됐다.

'일만 하자고. 친해질 필요는 없으니.'

"어떻게 할까요?"

"일단 먼저 말해봐. 계획을 듣고 결정할 테니까."

수현의 말에 드워프, 무자크는 고개를 끄덕이고서 이야기를 시작했다.

"저희가 갖고 있는 정보는 이 근방까지입니다. 여기서 더 내려가게 되면 다크 엘프들하고 부딪히지 않을 수가 없어요. 곳곳에 위치한 오아시스를 중심으로 각 부족이 자리 잡고 있거든요."

무자크는 반쯤 완성된 지도를 띄워가며 설명했다.

"여기, 여기, 여기가 일단 발견된 다크 엘프 부족들의 위치입니다. 그리고 저희가 간신히 접촉에 성공한 곳이 여기고요. 잘될지는 모르겠지만, 이들한테 접촉해서 통행 허가를 받을 생각입니다. 허가를 받고 나면 이쪽은 비교적 안전해질 테니 거기로 내려가 탐사를 하는 겁니다."

"만약 그런데도 문제가 생기면……."

"그때는 싸울 수밖에 없죠, 네."

무자크는 상황을 정확히 이해하고 있었다. 이만한 전력을 데리고 온 건 탐사를 위해서가 아니었다. 탐사를 방해하는 적이 나타났을 때 쓸어버리기 위해서였다.

"이 정도 전력이면 다크 엘프들도 어지간하면 피하지 않겠습니까?"

"무르군. 같은 이종족이라면서 다크 엘프들에 대해 나보다도 더 모르나? 다크 엘프들은 적이 강하다고 피하지 않아. 오히려 더 적개심을 불태우지. 아예 싸우지 않을 방법을 만들어 놓지 않는다면 한 번은 부딪히게 될 거다. 샤이나, 여기 중에 아는 곳이 있나?"

"아니…… 나도 모르는 곳들이야."

"그래?"

"여, 여기는 자주 위치가 바뀐다고. 나라고 다 아는 건 아니야!"

"나 아무 말도 안 했거든? 모를 수도 있으니까 진정해."

괜히 찔렸는지 샤이나는 황급히 변명했다. 그걸 뒤에서 듣던 루이릴은 노골적으로 비웃음을 흘렸다. 샤이나가 울컥해서 고개를 돌리려고 하자 수현은 손으로 잡아 막은 후 루이릴을 노려보았다.

"너 저리 가라."

"어째서?!"

"오아시스 중심으로 움직인다는 건 알겠어. 그래, 아는 이들이 없다면 굳이 먼저 접촉할 필요는 없겠군. 그러면 드워프들이 말한 대로 움직이자. 어떻게든 반응이 있겠지."

"비약은 어떻게 하실 겁니까?"

스콧은 조심스럽게, 목소리를 낮추고 물었다.

"왜? 관심이 있나?"

"관심이야 당연히 있죠. 아, 제가 탐을 낸다는 게 아니라……."

"알아, 설마 그러지는 않겠지."

스콧은 이마에서 나오는 땀을 손수건으로 닦았다. 덥기도 했지만 수현을 상대하면 이상하게 긴장이 됐다.

"김수현 팀장님이 온 건 그것 때문이잖습니까. 신경을 안 쓸 수가 없죠."

"걱정 마. 그걸 못 구한다고 해서 내가 날뛰지는 않을 테니까."

"……."

"그리고 지금 상황에서 멋대로 접근할 수도 없지 않나?"

수현은 다크 엘프들이 접근하기를 기다리고 있었다. 이종족들을 상대하면서 그가 먼저 움직이는 건 멍청한 짓이었다. 특히 다크 엘프들처럼 가만히 있어도 먼저 덤벼들어 오는 이들을 상대할 때에는 더더욱.

'기다리면 분명 들어온다.'

명분도 만들고, 한층 더 자유로운 움직임이 가능했다. 수현은 참고 기다릴 생각이었다.

드워프들은 얼마 지나지 않아 돌아왔다. 그들의 표정에는 화색이 가득했다.

수현은 속으로 혀를 찼다.

'젠장.'

"허락을 받았습니다. 이동해도 상관하지 않겠다는군요."

"그래? 이동하자고."

이동하면서 수현은 면밀하게 주변을 관찰했다. 그러나 정말로 다크 엘프들은 털끝도 보이지 않았다. 드워프 탐험가들의 발이 닿지 못한 곳까지 도착했는데도 아무런 이변이 없자, 수현은 살짝 초조해졌다.

'뭐지?'

다크 엘프들이 이렇게 얌전할 리가 없었다. 그들의 영역에 들어선다면 닥치는 대로 공격하는 게 그들이었다.

"샤이나, 이상하지 않아? 다크 엘프들이 원래 이렇게 얌전

했나?"

"어…… 그러게? 이렇게 아예 안 나오지는 않을 텐데."

샤이나는 이해가 가지 않는다는 듯이 주변을 두리번거렸다. 영역에 들어온 외부인들에게는 기본적으로 감시가 따라 붙었다. 멀리서 관찰하는 다크 엘프가 적어도 몇몇은 있어야 했다.

"무슨 일이 있는 것 같은데?"

"무슨 일이라니?"

"외부인을 신경 쓰지 못할 정도의 일. 우리들도 사람과 다르지 않아. 일이 생기면 우선순위를 따지거든."

다크 엘프들이 외부인들에게 적대적이지만, 일이 생긴 상황에서 굳이 적을 늘리지는 않았다.

"무자크, 다크 엘프들 분위기에 이상한 점은 없었나?"

"예? 이상한 건 없었던 것 같습니다만."

"드워프한테 물어봤자 헛수고야. 밖에서 들어온 드워프한테 약점을 들킬 정도로 다크 엘프들은 명청하지 않으니까."

"그런가……."

수현은 잠시 발걸음을 멈췄다. 블루베어 팀원들은 분주하게 로봇들을 돌려 주변의 지형을 탐사하고 있었다. 어차피 그가 빠져서 움직인다고 해서 일에 지장이 가지는 않을 것이다.

"한번 방문해 보자."

"……?!"

샤이나뿐만 아니라 다른 이들도 놀랐다. 드워프들이 황급히 수현을 말리려 들었다.

"인간은 위험합니다!"

"맞아요. 바로 공격할 거라고요!"

드워프들이니 다크 엘프들이 이야기나 들어준 거였지, 인간이라면 바로 공격에 들어갈 가능성이 컸다.

그러나 수현은 샤이나를 믿었다.

"아니, 바로 공격하지는 않을 것 같아. 그리고 바로 공격한다고 하더라도……."

'사실 상관없지.'

어떤 식으로든 수현은 손해를 볼 게 없었다.

생각을 전하자 스콧은 당황해서 수현을 말리려 들었다.

"괜찮아. 나 하나 빠진다고 무너질 전력이 아니잖아? 1팀 팀장이 있으니 평소처럼 하라고. 설마 다크 엘프를 상대할 자신이 없나?"

"그건 아닙니다만……."

스콧 입장에서 수현이 단독으로 행동했다가 부상이라도 입는다면 수습할 수가 없었다. 상상만 해도 끔찍했다.

"그러면 갔다 오지."

"자, 잠, 잠깐……!"

말을 끝까지 듣지 않고, 수현은 샤이나와 함께 이동했다.

"일단 그래도 내가 먼저 접근해 볼게. 같은 다크 엘프니까 바로 공격하지는 않을 거야."

"다크 엘프들은 동족이라고 봐주지 않을 텐데? 괜찮은 거 맞아?"

"응, 그렇기는 한데……. 잠깐, 넌 어떻게 그렇게 자세하게 알고 있는 거야?"

"됐고. 혼자 가서 위험할 거면 그냥 같이 움직이자고."

"같은 다크 엘프면 일단 이야기 정도 할 시간은 벌 수 있으니까 그렇지. 인간을 데리고 가면 그것도 힘들겠지만."

"이야기하기 싫다면 뭐 힘으로 대화해도 상관없지만. 여기 주변 다크 엘프들 무장은 어느 정도쯤 되려나……."

"요즘 나온 무기 같은 것들도 시중에서 파는 거면 기본적으로 갖고 있을걸? 내가 나올 때도 있었으니까."

"역시 그런가."

상식적으로 생각해 봤을 때 엘프나 드워프가 아닌 다크 엘프처럼 인간에게 적대적인 종족들에게는 인간의 무기가 흘러가지 않을 것 같았지만, 실상은 그 반대였다.

돈을 좋아하는 상인들은 그런 것에 전혀 신경 쓰지 않았다. 그리고 다크 엘프들도 강한 무기를 구하는 데 있어서는 누가 만들었는지는 신경 쓰지 않았다.

'하여간 상인 놈들은 여기저기에 민폐만 끼친다니까.'

아직도 다크 엘프들이 활과 화살로만 싸웠다면 상대하는 게 몇 배는 쉬웠을 것이다.

둘은 야트막한 모래언덕에 올라 몸을 낮췄다. 저 밑으로 다크 엘프들의 마을이 보였다.

흰색으로 칠해진 이국적인 양식의 건물들은 관광지 같은 느낌을 주었지만, 수현은 잘 알고 있었다. 저 안의 이들이 얼마나 난폭해질 수 있는지를.

샤이나는 헛기침을 한 번 하더니 일어서서 걸어 나갔다. 그녀가 몸을 일으키자마자 바로 반응이 나왔다. 마을 입구에 있던 다크 엘프들이 오토바이를 타고 달려 나온 것이다.

"정지. 누구냐?"

"어, 나는……."

"인간?!"

"내가 어딜 봐서 인간이야?!"

어이가 없어서 순간 외친 샤이나는 그들이 자신을 쳐다보고 있지 않다는 걸 깨달았다. 뒤를 돌아보니 수현이 태연하게 나와 있었다.

"야, 내가 먼저 접근한다니까!"

"별 차이도 없어 보이는데? 그래서, 어떻게 하실 건가, 다크 엘프들?"

"도발하지 마! 바보야!"

노골적인 수현의 도발에도 다크 엘프들은 얼굴만 찌푸릴 뿐, 반응하지 않았다. 당장에라도 허리춤에 손을 뻗어 총을 뽑고 싶은지 손만 꿈틀거릴 뿐이었다.

"진짜 무슨 일이 있나 본데?"

"제발 목소리 좀 낮춰줄래……?"

"걱정 마. 바로 안 쏘는 거 봤을 때, 어지간해서는 안 덤빌 거라고."

"너는 왜 저 인간하고 같이 다니는 거지? 포로로 붙잡혔나?"

의도적으로 수현을 무시하고, 보초들은 샤이나에게 물었다.

"아니, 동료야."

"동료? 인간하고 다크 엘프가?"

"거, 생각이 편협하군. 그런 사고방식을 가져서 어떻게 카메론에서 살겠어? 지금 당장 너희들이 허리춤에 차고 있는 권총만 해도 인간이 만든 거거든?"

"흥."

다크 엘프들은 대답하지 않고 고개를 돌렸다.

"인간하고 다크 엘프가 왜 같이 다니는지는 궁금하지도 않
다. 보나 마나 천박한 이유겠지."

"뭐?"

이번에는 샤이나가 발끈했다. 옆에서 듣던 수현은 왜 샤이
나가 그와 같이 다니게 됐는지를 떠올렸다.

'돈 때문이었잖아?'

반박하기가 힘들었다.

"이 자식이…… 되는대로 내뱉으면 다인 줄 알아?"

"시끄럽다. 배신ㅈ…… 컥!"

갑자기 명치를 세게 얻어맞은 다크 엘프는 신음을 하며 무
릎을 꿇었다. 옆에 있던 동료는 뭐에 당했는지 몰라 당황해
서 두리번거렸다.

"왜 그래?"

"갑자기 뭐가……."

샤이나는 수현을 쳐다보았다. 수현이 한 게 분명했다. 수
현은 휘파람을 불며 딴청을 피웠다.

"후, 후욱. 어쨌든 인간, 신경 거슬리게 하지 말고 꺼져라!"

"왜 그렇게 친절하지?"

"뭐라고?"

"원래라면 총알부터 한 방 날려야 하지 않나?"

"……."

"무슨 일이 있나 보군. 괜찮다면 알려주지 않겠어?"

"우리가 왜……."

"먼저 온 드워프들이 말해주지 않았나? 우리는 혼자 온 게 아니야. 너희들이 설마 정찰도 하지 않았을 리는 없고. 우리 전력이 어느 정도인지 알지? 마음만 먹으면 얼마든지 귀찮게 만들어줄 수 있어. 무슨 일이 생긴 것 같은데, 일 더 늘릴 래? 아니면 얌전하게 말해줄래?"

상대가 어떤 종족이든 간에 협박의 원리는 똑같았다. 약점을 붙잡고 공격하는 것이다. 수현의 말에 다크 엘프들은 욕설을 쏟아내고 싶은 걸 간신히 참는 표정이었다.

"……기다려 봐라!"

그들이 다시 언덕 밑으로 사라지자 수현은 샤이나를 보며 물었다.

"들어갈 수 있을 것 같아?"

"그건 모르겠고, 돌아왔을 때 동료들 끌고 올 수도 있으니까 도망칠 준비는 해놓자."

"같은 종족인데 너무 신뢰가 없군."

"말 같지도 않은 소리를. 지금 신뢰고 뭐고 하게 생겼어? 다크 엘프들은 자기들끼리도 많이 싸운다고."

"하긴, 인간들도 그러니까."

둘이 떠드는 사이 보초들은 돌아왔다. 그들은 정말로 탐탁지 않은 표정으로 손짓했다.

"들어오라고 하는군."

"오, 고마워."

수현은 다크 엘프를 들어서 오토바이에서 끌어내린 다음 자신이 그 위에 탔다. 그리고 샤이나를 뒤에 태웠다.

"······?!"

염동력으로 끌어내려진 다크 엘프는 그제야 아까 그가 무엇에 얻어 맞은지 깨달았다.

"너, 이 새······."

말이 채 끝나기도 전에 수현은 밑으로 내려가 버렸다.

수현은 안으로 들어가면서 어떤 일이 일어나더라도 당황하지 않을 각오를 한 상태였다.

위협을 하든, 저자세로 나오든······ 원하는 걸 얻어내리라.

그렇게 생각을 하고 있었다. 뒤에 탄 샤이나가 놀라서 말하기 전까지는.

"할머니?!"

"뭐? 할머니?"

수현은 당황해서 오토바이를 세웠다. 길가의 한복판에서 팔짱을 끼고서 그들을 노려보고 있는 다크 엘프가 보였다. 한눈에도 나이가 많아 보였지만 조금도 흐트러지지 않은 자세에는 위엄이 있었다.

"오랜만이구나, 샤이나."

"어, 어, 어, 어…… 어째서 여기에?!"

"일단 내려서 이야기하자꾸나. 언제부터 그렇게 예의가 없어진 거지?"

다크 엘프는 대답도 듣지 않고 안으로 들어가 버렸다.

커다란 돔 형태의 건물로 들어가 버린 그녀를 보며 샤이나는 쭈뼛거렸다. 언제나 겁 없이 행동하던 그녀가 이렇게 움츠러든 건 처음 보는 것 같았다.

수현은 신기한 걸 본 기분으로 물었다.

"괜찮아?"

"괜찮을 리가 있겠어?!"

"그보다 여기 모르는 곳이라고 하지 않았나?"

"다크 엘프들은 꼭 한곳에서만 계속 사는 건 아니니까……. 내가 떠난 다음 여기로 왔나 봐."

샤이나는 이를 딱딱 부딪치면서 손톱을 깨물려고 했다. 수현은 고개를 저으면서 그녀의 손을 붙잡았다.

"무슨 상황인지는 모르겠는데, 사정이 있으면 굳이 네가 낄 필요는 없어. 나 혼자서도 충분하니까. 돌아갈래?"

"아니…… 그런 건 아니고."

"그런 게 아니기는 무슨. 지금 스트레스가 끝까지 쌓인 사람으로 보이거든?"

"으, 할머니가 여기 있다는 건 다른 가족들도 여기 있다는 거고……. 진짜 싫은데……."

"안 들어올 거니?!"

안에서 큰소리가 났다. 수현은 얼굴을 찌푸리며 먼저 들어가려고 했다. 이렇게 주도권을 뺏기는 건 사양이었다.

그러나 샤이나가 그의 손목을 잡았다.

"같이 들어가자."

"이야기하다가 안 되면 그냥 난리 쳐도 돼. 어차피 반쯤은 그러려고 온 거니까."

"……그러지는 말고."

그들이 들어간 건물은 마을의 회의장으로 이용되는 건물 같았다. 안에는 벌써 앉아 있는 다크 엘프가 몇몇 보였다. 그들은 호의적이지 않은 시선으로 수현을 쳐다보았다.

물론 그런다고 주눅이 들 수현이 아니었다.

"불청객인 인간이 다크 엘프와 같이 찾아왔다고 해서 불렀는데 설마 그게 내 손녀일 줄이야."

"건…… 강하셨어요?"

"오냐, 속이 많이 썩기는 했지만 건강하다."

"가족끼리 해후는 나중에 나누시고."

건방지게 대화를 끊은 수현의 태도에 자리에 있던 다크 엘프들이 격분했다.

"여기가 어디라고!"

"예의를 갖춰라, 지저분한 인간 놈!"

"들여보내 줬다고 기고만장하는 거냐!"

벌 떼같이 쏟아지는 아우성들. 수현은 귀를 파며 짜증스러운 표정을 지었다. 계속해서 떠들어 대자 수현은 발을 굴렀다.

쾅!

"……!"

"다크 엘프들이 원래 이렇게 입으로만 떠들어 대던 놈들이었나? 불만이 있으면 덤벼! 누구든지 상대해 주겠다."

"저, 저, 발칙한 놈……!"

"그만. 맞는 말이다. 덤빌 자신이 없으면 말도 꺼내지 말아야지."

"셀리나 씨!"

샤이나의 할머니는 대답하지 않고 수현에게 바로 물었다.

"그래서, 여기는 왜 찾아왔다고 했지?"

"다크 엘프들한테 무슨 일이 있는 것 같아서."

"무슨 일이 있는 것 같아서? 놀랍군. 인간이 우리를 걱정해 줄 줄은 몰랐는데."

"사실 걱정한 건 아니고……. 나도 원하는 게 있어서."

셀리나는 너털웃음을 터뜨렸다. 살기등등하게 눈을 부라리는 다크 엘프들 사이에서 저렇게 말하는 인간이라니. 아무리 믿는 구석이 있어도 보통 배짱이 아니었다.

"그래, 원하는 게 뭐지?"

"표면적으로는 이 주변의 통행권이지. 정확하게 말하자면 이 주변 다크 엘프들과의 평화 협정."

"어려운 걸 말하는군. 그게 표면적이면 진짜로 원하는 건?"

"다크 엘프들에게 초능력 강화의 비약이 있다고 들었다."

셀리나는 샤이나를 노려보았다. 샤이나는 그녀도 모르게 히익 소리를 내며 수현 뒤로 숨으려 들었다. 수현은 그녀를 붙잡고 말했다.

"샤이나가 말해준 게 아니다. 유출자를 찾고 싶으면 너희들 중에서 갑자기 돈이 많아진 놈들을 찾으라고."

"……단속을 다시 해야겠군."

수현이 무슨 말을 한 건지 깨달은 셀리나가 고개를 끄덕이며 말했다.

"젊은 놈 중에서 철이 없는 놈이 많아서……. 그래서, 강화의 비약이 필요하다고? 그게 왜 필요하지?"

"왜 필요하냐니. 그 비약의 효과가 사실이라면 누구든지 구하고 싶어 할 만하지 않나?"

"그렇지. 누구든지 원할 만하지. 그렇지만 그 모든 놈이 다 이렇게 찾아와서 원한다고 하지는 않지 않나."

샤이나가 수현의 옆구리를 찔렀다.

"······?"

"네가 마법사라는 거, 말해도 돼?"

"상관없는데, 왜?"

"수현은 마법사예요."

"······!"

다크 엘프들의 시선이 바뀌었다. 그만한 인간 무리의 대표로 온 사람이니 당연히 어느 정도 강함은 있으리라 생각했는데, 마법사라니.

"마법사라고?"

"말도 안 돼. 인간이······."

"우리도 지금 마법사가 없는데?"

"바로 들킬 만한 거짓말을 하지는 않겠지. 내 손녀가 그렇게 멍청하지는 않아."

웅성거리는 틈을 타 수현은 조용하게 물었다.

"굳이 말할 이유가 있었나?"

"우리들은 강한 사람을 존중하거든."

"아, 그랬지."

"마법사라고……? 그러면 비약은 본인이 사용할 건가?"

"주지도 않은 상태에서 어떻게 사용할지는 묻지 말지?"

"흐음……. 좋아, 인간. 수현이라고 했나? 운이 좋으면 서로 원하는 걸 얻을 수 있을지도 모르겠군. 우리가 지금 무슨 일이 있냐고 물었었나?"

"셀리나 씨, 외부인한테 그런 걸 말해줘도……."

"괜찮겠지. 어차피 말한다고 달라질 것도, 문제 될 것도 없지 않나?"

그녀가 다크 엘프들 사이에서 존중받는 위치라는 건 좌중의 태도만으로도 짐작이 갔다. 부족, 씨족 단위로 지내는 다크 엘프들의 습성을 봤을 때 보통 저런 위치는 좋은 가문의 일원이 맡았다.

'샤이나가 꽤나 괜찮은 가문 출신인가?'

수현은 샤이나를 쳐다보았다.

샤이나는 고개를 갸웃거리며 물었다.

"왜?"

"아니, 아무것도 아냐."

"우리가 문제가 생길 일은 언제나 똑같지. 외부."

"외부에서 문제가 들어오다니. 상상이 안 가는데요?"

다크 엘프들이 수현을 노려보았다. 지금이야 많이 가라앉
았지만, 한때 심하게 충돌했던 인간이 저런 소리를 하니 화
가 치미는 것이다.

그러나 셀리나는 수현의 도발에 아랑곳하지 않고 말을 이
어갔다.

"원래라면 몬스터 한둘 정도는 문제가 안 돼. 여기 주변은
몬스터가 없는 편이기도 했고. 그렇지만 이번에는 조금 심각
할 정도야."

다크 엘프가 상대하지 못할 정도의 몬스터라니.

수현은 갑자기 긴장되는 것을 느꼈다.

"뭡니까? 그 몬스터가?"

"오우거."

40장
인슈린(2)

"다크 엘프가 오우거를 처리 못 한다고?"

놀라움 때문에 협상 결정 이후에 나름 존대를 해주던 수현의 말투가 원래대로 돌아왔다.

그렇지만 셀리나는 별로 신경을 쓰지 않는 것 같았다.

"우리들에 대해 꽤나 잘 아나 보군."

"적어도 오우거한테 쩔쩔매지 않을 정도라는 것 정도는 잘 알지."

오우거는 카메론에서 보이는 거인 계열 몬스터 중 강력한 축에 속하는 몬스터였다. 강력한 근력과 거대한 덩치는 살아 움직이는 전차라고 봐도 과언이 아니었다.

그 피지컬은 몬스터 중에서도 초월적이었다. 오우거 하나가 파워 아머 여섯 대와 맞붙어서 이긴 경우도 있었으니 더 말할 필요가 없었다.

그러나 다크 엘프는 인류처럼 물리적인 화력으로 싸우는 종족이 아니었다. 그들은 선천적으로 종족 내에 초능력자가 많았고, 싸움 방식도 절대 단순하지 않았다. 상대의 약점을 노리며 끝까지 집요하게 싸우는 게 다크 엘프의 방식이었다.

그런 그들에게 걸리면 오우거라고 해도 당해낼 도리가 없었다. 오우거는 대부분 적은 숫자로 돌아다니는 몬스터였고 다크 엘프들은 그런 놈의 약점을 아주 효과적으로 이용했다.

"다크 엘프가 오우거한테 밀리다니……."

"자네도 그놈을 직접 보면 생각이 달라질걸."

"얼마나 대단하길래? 머리가 두 개라도 되나?"

"바로 그거야."

"……?"

"놈들의 우두머리는 머리가 두 개인 오우거, 트윈헤드 오우거라고."

돌연변이 몬스터. 같은 종의 몬스터 중에서도 가끔 저런 변종이 나왔다. 그리고 그런 변종은 더 약할 때도 있지만, 어떨 때는 같은 종과 차원이 다른 강력함을 보여줬다.

"원래 오우거는 기껏해야 한두 놈이 나타나는 정도였지. 많아 봤자 새끼까지 해서 서너 놈 정도. 그런데 이번 경우는……."

다크 엘프들은 인슈린 지역에서 오아시스를 거점으로 구역을 나눠서 살고 있는 상황. 그런 상황에서 갑자기 나타난 오우거 무리가 외곽을 점령한 것이다.

언제 어디로 움직일지 모르니 다크 엘프들은 선공으로 퇴치하려 했지만, 반대로 그들이 괴멸 수준으로 패배했다.

다크 엘프들의 전력은 결코 약한 전력이 아니었다. 그들은 오우거를 얕보지 않았다. 오우거를 쓰러뜨리려면 충분한 힘이 필요했고, 각 부족에서 뛰어난 초능력자들이 모였다.

그러나 트윈헤드 오우거의 능력은 상상을 초월했다.

"놈은 신비한 힘을 다루더군."

"신비한 힘이라면……."

몬스터 중에서도 초능력을 사용하는 몬스터는 종종 발견되는 편이었다. 당장에 드래곤만 해도 다양한 초능력을 구사하는 마법사였으니까.

그러나 오우거는 그 미친 신체 능력을 제외하면 초능력을 쓴다는 걸 들어본 적이 없었다. 초능력을 쓴다면 놈의 위험 등급이 몇 단계는 뛰었을 것이다.

"오우거가 초능력을 쓴다고? 돌연변이라서인가?"

"그건 모르고, 이유도 궁금하지 않아. 놈의 힘은 끔찍할 정도였어."

"무슨 초능력이었길래?"

"우리가 쓴 신비한 힘을 지우는 힘."

'무효화!'

수현이 갖고 있는 청동 그릇 형태의 아티팩트 분쇄기. 그것과 같은 초능력이었다. 육체적으로 완성에 이른 오우거가 그런 초능력을 갖고 있다니. 끔찍한 조합이었다.

다크 엘프들이 아무것도 하지 못하고 털려 나간 것도 이해가 갔다. 그들이 현대 무기를 갖고 있다지만 인간에 비한다면 개인 화기 수준이었고, 대부분의 전력은 초능력 전력에 의존하는 형태였다.

그런데 그걸 지우는 초능력이라니. 보통 극상성이 아니었다.

셀리나의 설명을 듣던 수현의 얼굴이 딱딱하게 굳었다. 기껏해야 다크 엘프 정도를 상대할 것이라고 생각해서 만만한 마음으로 왔는데, 이거 보통 일이 아니었다.

'큰일인데. 무효화를 갖고 있다면……'

당장에 수현과 수현의 팀도 오우거를 상대하기가 막막해졌다. 초능력 무효화 같은 능력을 상대하려면 아예 물리적인 화력으로 밀어붙이거나, 더 이상 무효화하지 못하도록 계속 초능력을 쓰거나, 빈틈을 노려야 했는데 앞의 두 가지 방법은 사실상 불가능했다.

'1, 2팀은 초능력자 전력이 강한 팀이지 파워 아머 전력이 강한 팀은 아니다. 가져온 파워 아머도 많지 않고……. 물리적으로는 무리야. 이 인원으로 오우거한테 지구전을 펼치는 건 미친 짓이고…….'

수현의 머리가 바쁘게 돌아갔다. 최근에 능력에만 의존해서 싸운 경우가 많았는데, 오랜만에 원래의 방식대로 싸우게된 느낌이었다.

"말이 없어진 거 보니 머리가 아주 없는 건 아닌가 보군."

"지금 오우거한테 위협받고 있는 건 그쪽이지 내가 아닌데. 도움을 요청하고 싶으면 조금 더 태도를 공손하게 하지 그러나?"

"내가 언제 도움을 요청했지?"

"설마 이런 이야기를 아무런 목적 없이 했다고 하지는 않겠지."

셀리나는 빙그레 웃었다. 손녀와 같이 다니는 인간은 보면 볼수록 흥미로웠다. 샤이나가 같이 다니는 인간이 평범하거나 범상하지는 않을 거라고 생각했었다. 생각처럼 뛰어난 모습을 보여주자 괜히 뿌듯한 마음이 든 것이다.

'아무렴, 내 손녀인데. 아무나 데리고 다니지는 않겠지.'

"들켰군. 도움을 원해서 말을 꺼냈네. 짐작이 가겠지만 우리는 그렇게 좋은 상황이 아니야. 오우거 무리는 떠날 생각을 하지 않고 있고, 언제 어떻게 움직일지 모르지. 지금이야

배가 부르니 가만히 있다지만······."

오우거 무리가 마을에 도착하면 그 마을은 박살이 났다. 다행히 이동할 때에는 비교적 느리게 움직이는 놈이라 인원은 미리 대피할 수 있었지만 이대로 가면 이 주변은 초토화가 될 게 분명했다.

게다가 배가 꺼지면 고기 맛을 보기 위해 난폭하게 움직일 것이다. 그럴 때는 대피하기도 쉽지 않았다.

지금 다크 엘프들 사이에서는 계속해서 회의가 이어지고 있었다. 주가 되는 의제는 하나였다.

인슈린을 버리고 떠나야 하는가?

말도 안 되는 결정은 아니었다. 아주 먼 옛날에도 상대할 수 없는 몬스터나 어찌할 수 없는 상황이 생겼을 경우에는 본거지를 버리고 다른 곳으로 떠난 적이 있었던 것이다.

물론 그렇다고 쉽게 내릴 수 있는 결정도 아니었다. 이 결정을 두고 다크 엘프들은 계속 떠들어 대는 중이었다. 인간들에게 신경을 쓰지 못하는 것도 이해가 갔다.

"떠난다고? 그것도 괜찮을 것 같긴 하군. 아무것도 없으면 오우거들이 떠날지도 모르니까."

"정착할지도 모르고."

수현은 셀리나의 말에서 그녀가 떠나는 것에 대해 부정적으로 여기고 있다는 걸 알아차렸다.

"떠나는 걸 원하지 않나?"

"나의 어머니부터 나의 어머니의 어머니까지 다 여기서 살았는데 떠나는 게 좋을 리가 있나. 그리고…… 싸우기 위해서 일시적으로 후퇴하는 게 아니라 꼬리를 내리고 도망치는 건 다크 엘프의 수치지."

그녀의 주름진 눈가 사이에 있는 눈동자에서는 뜨거운 불꽃이 타오르고 있었다.

수현은 속으로 감탄했다. 셀리나는 누구보다도 다크 엘프다운 다크 엘프였다.

"인간들은 강하지."

"갑자기 왜 새삼스럽게?"

"예전에 싸워봤으니 알아. 우리들은 이기지 못하더라도 인간은 이길 수 있을지도 모르지."

'그놈은 좀 예외인데.'

"만약 그놈을 쓰러뜨릴 자신이 있다면, 내가 직접 자리를 주선해 보겠네."

"그건 좀 끌리는데. 정확히 어떤?"

"부족장들은 제각각 다른 놈들이지만 하나만큼은 똑같지. 오우거 때문에 절박해졌다는 것. 자존심을 부리는 놈도 있겠지만 오우거만 처리해 준다면 어지간한 조건은 해결이 될 거다. 평화 협정이든……."

"비약이든?"

"아, 그 비약. 그 비약 말인데…… 그건 좀 문제가 있을 것 같군."

"왜지?"

"희귀한 재료도 재료지만, 만드는 데에도 시간이 걸리거든."

"시간이라면 설마……."

"짧게 잡아도 삼십 년, 길게 잡으면 오십 년."

"솔직하게 말해줄 줄은 몰랐는데."

셀리나는 수현과 샤이나를 번갈아 쳐다보며 말했다.

"솔직하게 말하지 않았다가는 뒷감당이 힘들 것 같아서 말이지."

"어쨌든 고마워. 제안은 생각해 보지."

"결정은 이틀 안에 내려줬으면 좋겠군. 그 이후에는 늦을지도 몰라. 이틀 후에는 회의에서 떠날지 떠나지 않을지 결정이 날 테니까."

수현은 대답 대신 고개를 끄덕였다.

"원래라면 멋대로 떠난 손녀딸을 혼을 내줘야 하겠지만, 상황이 상황이라 그럴 여유가 없겠군."

"여유가 있더라도 내가 그걸 볼 거 같나? 샤이나는 예전에 부족을 떠났고 지금은 내 팀원이다. 위치 착각하지 말라고."

"……&*$#% $# ^#$$#. @$# ^% $^ $ $@ & @^."

"……?"

셀리나가 마지막으로 한 말은 번역기에 잡히지 않았다.

수현은 샤이나에게 작은 목소리로 물었다.

"뭐야, 다크 엘프어 아냐?"

"옛 다크 엘프어야."

"뭐라고 한 건데?"

"어, 그건……."

샤이나는 당황하더니 고개를 저었다.

"별거 아니야. 그냥 쓸데없는 소리."

"그래?"

수현은 샤이나를 믿었다. 그녀가 그렇다니 별거 아니라고 생각하고서 돌아섰다.

"하루 안에 결정하고서 말해드리지."

"기다리겠네."

"할머니, 다른 가족들은 어디 있어요?"

"하크로나는 옆 마을에 있다. 다들 잘 지내니 걱정은 하지 마라."

"네."

'거기는 절대로 가지 말아야지.'

샤이나가 무슨 생각을 하는지 읽은 것처럼, 셀리나는 바로
다음 말을 이었다.

"네가 왔으니 하크로나도 불러야겠구나.'

"어머니는 왜요?!"

"딸이 왔는데 어머니를 부르지 말라는 거냐?"

"아, 아니, 굳이 부를 필요 없잖아요?"

"부르지 않을 이유도 없지."

수현은 둘의 대화를 끊으며 말했다.

"가자고. 보기 싫으면 안 봐도 돼. 지금은 오우거에만 신
경 쓰자. 결정을 내리면 나 혼자 찾아가도 되니까."

"우리 가족이 있는데 너 혼자 찾아가면 일이 더 귀찮아질
걸……."

"……?"

"초능력 무효화 능력을 가진 오우거가 있는 무리라고요?"

"예."

"수현 씨의 결정을 따르겠습니다."

"……?"

수현은 케릭이 조금 더 반발하거나, 만류하는 걸 예상했

다. 그러나 아니었다. 그는 조금도 고민하지 않고 바로 수현에게 키를 넘겼다.

'이 인간 왜 이래?'

수현은 천막 밖으로 나와 스콧과 따로 대면했다. 1팀 팀장인 케릭의 태도 때문이었다.

"저 사람이 원래 저렇게 수동적인 사람인가?"

"아뇨, 원래는 되게 적극적이고 능동적인 사람입니다."

"그런데 저런다고? 설마 지금 항의하는 건가?"

"아뇨, 그건 절대 아닙니다. 저런 식으로 항의할 사람은 아니에요. 제가 케릭과 하루 이틀 같이 지낸 사이가 아닌데, 저런 식으로 성을 내지는 않습니다."

"그러면 뭔데?"

"그, 그게. 저도 잘……."

"거참, 오우거 때문에 머리 아픈데 괜히 신경 쓰이게 하는군."

"일단 수현 씨를 따르겠다고 했으니 그대로 하시는 게?"

"내 팀만 데리고 하는 것도 아니고, 만만한 놈을 상대하는 것도 아닌데 어떻게 독단적으로 해? 회장이 뭔가 수를 써뒀나?"

"케릭은 그런 명령으로 다뤄지는 사람이 아닌데……."

"젠장, 알겠어. 내가 알아서 결정을 내릴 테니까 불평하지 말라고."

"저뿐만 아니라 다른 사람들도 믿고 있다고 생각해 주시죠."

"2팀이야 그렇다 쳐도 1팀이 그러는 건 정말 이해가 안 가는군."

수현은 머리를 긁적이며 생각에 잠겼다. 어둠 속에 잠긴 인슈린은 고요하고 아름다웠지만, 수현의 생각은 쉽게 정리되지 않았다.

오우거를 상대해야 하는가? 그럴 만한 가치가 있는가? 그전에, 놈을 잡을 수단이 있는가?

게다가 비약이 완전하지 않다는 것도 문제였다. 일단 완전하지 않더라도 그 나름의 가치는 분명 있을 테지만, 수현에게 필요한 건 즉시 효과가 있는 물건이었다.

새벽이 되고 나서야 수현은 결정을 내릴 수 있었다.

"조건은 간단해. 오우거 무리를 처치하면 앞으로의 통행권…… 쉽게 말해서 평화 협정을 맺는 거지."

"그 조건은 어디서부터 어디까지지, 인간?"

부족장들은 날카로웠다. 이미 셀리나가 설득을 끝내놨는

지 수현에게 대놓고 뭐라고 하지는 않았지만, 한 치도 손해 보는 일은 하지 않겠다는 듯이 눈을 빛냈다.

"어디서부터 어디까지냐니?"

"모든 인간이 이 주변에 와서 설쳐도 된다면 그건 본말전도지. 규모를 정해줘야 한다고 생각한다."

"아, 그건 확실히……."

생각하지 못한 부분이었다. 어차피 다른 인간들이 수현이 한 일로 이익을 보는 건 원하지 않았다.

"좋아, 한계 규모를 정하고 허가증을 받은 인원만 통과하게 하자고."

다크 엘프는 더 이상 부정할 게 없었는지 고개를 끄덕였다.

"그런데 저건 왜 저런 거지?"

수현은 부족장 중 한 명을 가리켰다. 다른 부족장과 달리 그는 눈에 안대를 하고 입에는 재갈 비슷한 걸 물고 있었다.

"음……."

"별거 아닐세. 그냥 인간을 회의장에 들여놓을 수 없다고 항의하는 거지."

"뭐야, X신인가."

다른 부족장들이 손사래를 치며 수현을 말리려 들었다.

"귀는 열려 있으니 말은 좀 조심해 주게."

"알 게 뭐야. 내가 지금 내 목숨 걸고 싸워주는데 저런 놈

신경 쓰게 생겼어?"

다크 엘프 같은 종족들을 상대할 때에는 굽혀줄 필요가 없었다. 굽히면 오히려 경멸을 받았다.

실제로 수현이 그렇게 말했는데도 다른 부족장들은 더 이상 뭐라고 하지 않았다.

이미 그의 도움을 받기로 결정한 이상, 괜한 마찰은 무의미했기 때문이었다.

다른 이들이 아무런 반응을 보여주지 않자 다크 엘프는 슬며시 안대를 벗었다.

"오우거 이야기로 돌아오자고. 놈을 상대하려면 먼저 싸워본 너희들의 도움이 필요한데……."

"셀리나 씨가 붙어서 설명해 줄 거다. 그거 말고 필요한 게 있으면 따로 말하도록. 가능한 거면 도와주겠다."

"시원해서 좋군. 그러면 마지막으로, 비약은?"

부족장 중 한 명이 손을 들었다.

"우리가 지금 만들고 있는 게 하나 있다. 8년쯤 됐지."

"다른 건 하나도 없고?"

"없다. 못 믿겠으면 확인해 봐도 좋아."

"마음먹고 숨기면 내가 어떻게 찾겠나. 일단은 믿어주지. 8년이라……. 여전히 많이 남았군. 좋아, 그거라도 받겠어."

"물론 매사크를 쓰러뜨려야 한다."

"매사크?"

"그 트윈헤드 오우거의 별명이다. 우리의 옛말로…… 괴물이란 뜻이지."

"그럴듯하군. 좋아, 이 정도면 더 이상 이야기할 필요가 없겠지."

"어떻게 잡을 생각인가?"

"궁금하면 참가해서 직접 보지그래?"

"음, 그건……."

부족장들이 머뭇거리자 수현은 그들을 비웃었다. 다크 엘프들의 얼굴이 붉어졌다.

"직접 끼는 건 겁이 나는 건가. 다크 엘프들 수준이 많이 낮아졌군."

"이봐, 말이……."

"나야 뭐 받을 것만 받으면 그만이지. 그러면 다음에 보자고."

수현은 자리에서 일어섰다. 아무도 그를 붙잡지 않았다.

회의장 바깥으로 나오자 셀리나가 기다리고 있었다. 그녀는 샤이나와 무언가 이야기를 나누다가 수현이 나오자 시선을 돌렸다.

"이야기는 다 끝났나?"

"그럭저럭……. 아니, 듣고 있었군."

셸리나는 다 알고 있다는 듯이 빙글거리는 표정을 짓고 있었다. 수현은 그녀가 회의장 내에서 오간 대화를 듣고 있었다는 걸 깨달았다.

"외부인이 말해줬다는 점만 빼다면, 그놈들한테 해준 질책은 아주 듣기 좋았어. 놈들에게는 좋은 교훈이 됐겠지. 최근 다크 엘프들은 너무 유약해졌단 말이야."

"요즘 젊은것들은~ 레퍼토리는 이종족도 마찬가진가? 그보다 더 말할 거 없으면 바로 이동하지. 오우거가 우리를 기다려 주지는 않을 테니까."

"아, 잠깐. 이 애의 가족이 찾아왔는데……."

"빨리 가자!"

샤이나는 수현의 등장을 돌파구로 삼았다. 방금까지 가족들과 만나라는 말에 시달렸는지 그녀는 바로 수현에게 달려들어서 이동하려고 했다.

그걸 본 셸리나는 쯧쯧거리며 고개를 저었다.

"그런다고 안 만나고 넘어갈 수는 없을 거다."

"무슨 소리 하는 건지 모르겠는데요, 할머니."

"인간들하고 지내더니 못된 것만 배워서……. 그래, 지금은 오우거가 먼저지."

수현은 모래 언덕을 걸어 내려가며 물었다.

"그래서 지금 놈들은 어디 있지?"

"4일 전에는 아로 마을에 자리를 잡고 있었는데, 슬슬 이동할 때가 됐지. 전사 몇 명이 관찰하러 갔으니 곧 돌아올 거야."

"트윈헤드 오우거 하나에 다른 오우거까지……. 일단 분리부터 시켜야겠군. 다른 오우거는 몇 마리지?"

"여섯 마리."

"뭐?!"

기껏 해봤자 두세 마리를 넘지 않을 거라고 생각했는데 여섯 마리나 되다니. 수현은 당황해서 셀리나를 쳐다보았다.

"오우거가 그렇게 무리 지어서 돌아다니는 놈이 아니잖아? 붙여놓으면 서로 싸울 텐데?"

"매사크를 제외하면 나머지는 다 암컷이야. 아마 놈의 짝이겠지."

"미친. 돌연변이라고 그런 것까지 다를 건 없는데……."

오우거는 기껏해야 짝과 자식까지 해서 서넛을 넘지 않는다는 게 상대하기 편한 점이었는데, 총 일곱 마리라니. 골치가 아파오기 시작했다.

'언제나 일은 이런 법이지.'

수현은 불평을 멈추고 계획을 짜기 시작했다. 위기는 기회가 될 수도 있다는 것을 수현은 오랜 경험으로 체감하고 있었다.

"과연 먹힐까요?"

"오우거는 교활한 놈이지만 인간처럼 지능이 높은 건 아니야. 그래 봤자 짐승 수준이지."

"만약을 위해 파워 아머를 갖고 와야 하지 않을까 싶습니다만……."

"멍청한 소리 하지 말자고. 지금 하려는 일에서 파워 아머는 갖고 와봤자 방해만 돼. 그 덩치로 오우거한테 들키지 않을 것 같아?"

"하지만 만약 놈한테 발각된다면……."

"그건 패배자나 하는 생각이지. 일을 하기도 전에 실패할 때를 대비해서 가능성을 깎으면 어떻게 하나? 각오를 다져. 반드시 성공시키겠다는 각오를."

수현의 목소리는 얼음장같이 냉정했다. 평소와는 전혀 다른 태도에 스콧은 침을 삼켰다. 보면 볼수록 신기했다. 저 나이대에서 보여줄 수 있는 판단력이 아니었다.

"윽, 냄새."

"이제부터는 소리도 내지 마라. 구중철처럼 글자로 대화해."

대원들은 수현이 조합한 향을 뿌렸다. 오우거의 후각을 속이기 위한 향이었다. 놈의 후각과 청각은 절대로 무시할 게 못 됐다.

아직 놈이 소리를 들으려면 멀었지만 수현은 미리 준비를 시켰다.

부우우웅–

그들이 숨어 있는 언덕으로 오토바이 몇 대가 모래 먼지를 풍기며 달려왔다. 오우거의 위치를 찾기 위해 움직인 다크 엘프들이었다.

"언니!"

"자나로벨? 네가 왜 여기에……."

"아는 사이인 건 알겠는데 이야기는 나중에 나누고, 오우거 위치부터 불러."

작전 중인 수현은 날카로웠다.

샤이나를 보고 반갑게 외친 다크 엘프는 입을 삐죽거리더니 지도를 켜고 좌표를 찍었다.

"좋아, 아직 안 움직였군. 하나씩 꾀어내자."

"언니, 이번에……."

"너, 입 다물어."

"……."

"한 번만 더 멋대로 떠들어서 내 일에 방해되면 그때는 너부터 묶어서 묻어버린다."

수현의 목소리는 진지했다.

막 말을 하려던 다크 엘프는 바로 입을 다물어버렸다.

"기본적으로 설명한 것과 다르지 않다. 다른 오우거들을 꾀어내서 하나씩 잡는다. 만약 일이 틀어져서 트윈헤드 오우거가 온다면 미리 정해놓은 대로 흩어진다. 만약 상황이 여의치 않으면 자유롭게 행동해도 된다. 그때는 목숨을 최우선으로 행동해라."

대원들은 무거운 표정으로 고개를 끄덕였다. 수현의 진지한 태도가 그들에게도 옮겨진 것이다.

─거리가 거의 3㎞입니다. 더 접근해야 하지 않을까요?

수현은 대답하지 않았다. 오랜만에 든 대몬스터 저격총의 무게가 묵직했다. 그는 조준경을 사용하지 않았다. 원견을 얻고 나서부터는 의미가 없어졌기 때문이었다.

오우거들은 마을 근처에서 어슬렁거리고 있었다. 놈들은 그 덩치 때문인지 서로 붙어 다니지 않았다. 같은 무리라도 어느 정도 거리를 두는 게 보통이었다.

수현은 그 습성을 이용할 생각이었다.

'고기를 꺼내 먹나? 다크 엘프들이 뿌려놓고 간 거군.'

오우거가 빠르게 배가 꺼져서 돌아다니기 시작하면 재앙이었다. 다크 엘프들은 도망치기 전에 기지를 발휘한 것이다.

'바로 지금.'

소리는 들리지 않았다. 수현이 차단한 것이다. 탄환에는 자체적인 물리력 말고도 수현이 실은 염동력과 아티팩트로 부여된 마력이 담겨 있었다.

오우거가 물리적인 힘과 초능력 모두에 강한 저항력을 갖고 있다지만······.

퍽!

"······!"

스콧은 경악한 시선으로 수현을 쳐다보았다. 이 거리에서 저격을 성공시키다니. 게다가 수현은 조준경도 쓰고 있지 않았다.

'관련 아티팩트도 없는데?!'

수현은 총탄을 가슴팍에 맞은 오우거가 비틀거리기 시작하는 걸 냉정하게 관찰했다. 아무리 강력한 마탄이라지만 한 발 맞았다고 오우거가 뻗지는 않았다.

놈이 저러는 건 독 때문이었다.

쿵, 쿵, 쿵, 쿵-

'온다!'

대원들의 생각이 일치했다. 허공에서 움직이고 있는 드론과 탐지기가 오우거의 움직임을 알려주고 있었다.

'좋아, 짝을 부르지는 않았군.'

독으로 인해 둔해진 움직임, 고통으로 인한 분노, 모두 다

노리기 좋은 약점이었다. 놈이 심장과 머리를 가리고 달려오는 게 보였다.

'이번에는 다리.'

퍽!

놈은 한쪽 무릎을 꿇고 두리번거렸다. 적의 위치를 찾기 위해 청각과 후각을 포함한 감각을 총동원하고 있는 게 분명했다.

그러나 이미 만반의 준비를 끝낸 수현을 찾기는 쉽지 않았다.

'일단 한 마리.'

원래라면 하나 상대하는 데에도 긴 전투를 치러야 하는 오우거가 총알 몇 발에 숨통이 끊어졌다. 놈의 습성을 정확히 파악한 데다가 초능력을 결합한 덕분이었다. 염동력과 독이 결합된 탄환은 오우거도 절명시킬 정도로 강력했다.

'초능력 독을 놈한테도 쓸 수 있으면 좋을 텐데⋯⋯.'

오우거에게는 독이 거의 통하지 않았다. 육체적인 능력에서는 정점에 올랐다는 말이 괜히 돌아다니는 게 아니었다.

그러나 초능력으로 만들어진 독은 예외였다. 괜히 그런 독이 강력한 게 아니었다.

수현은 원견으로 마을을 관찰했다. 가장 외곽에 있던 놈을 공격해서인지 놈들은 눈치채지 못했다.

'하나 더 잡는다.'

날아가는 총탄. 아까와 똑같은 상황이 반복되고 두 번째 오우거가 땅바닥 위로 쓰러졌다.

'두 놈.'

그제야 다른 오우거들이 눈치를 챈 것 같았다. 놈들은 웅성거리며 몸을 보호하기 시작했다. 오우거가 방심하지 않고 온몸에 힘을 주고 있다면 공격하기가 만만치 않았다.

'여기서 트윈헤드 오우거가 나오면 후퇴, 다른 놈이 온다면 다시 잡는다.'

이미 이 주변에는 오우거를 상대할 준비가 가득했다.

─옵니다!

원견으로 파악하고 있는 수현은 이미 알고 있었지만, 대원들은 다급하게 신호했다. 오우거 두 마리가 전력을 다해 질주하기 시작한 것이다. 대지를 울리는 소리가 심장을 덜컥 내려앉게 만들었다.

'다른 놈들의 시체 위치로 방향을 파악한 건가.'

수현은 손을 들어 올렸다. 트윈헤드 오우거는 그늘에서 아직 일어나지 않은 상태였다. 마음 같아서는 자는 놈부터 공격하고 싶었지만, 수현은 인내했다.

몬스터를 상대할 때에는 마음이 급하면 안 됐다. 참고 참아서 최선의 상황을 만들어야 했다.

"……!"

수현이 언덕 위로 올라서자, 다른 대원들은 기겁했다. 여기로 오우거를 끌어들인다는 건 알고 있었지만 이렇게 대놓고 나올 줄은 몰랐던 것이다.

수현은 멀리서 오우거와 눈이 마주친 기분이 들었다.

오우거의 눈동자가 붉게 달아올랐다. 놈들은 급한 대로 바위를 들어 던졌지만, 허공에서 박살이 날 뿐이었다.

수현은 멀리서 앞에 있는 놈을 쐈지만, 이번 총탄은 막혔다. 전력을 다한 오우거의 방어는 멀리서 뚫을 만큼 만만하지 않았다.

'셋, 둘, 하나.'

푸푹!

그대로 땅이 꺼지며 오우거들은 땅 밑으로 추락했다. 블루베어 1팀이 초능력으로 만든 함정이었다.

수현은 염동력으로 한 번에 도약했다. 오우거 두 마리가 허우적거리며 나오려고 하고 있었다. 놈이 팔을 뻗으면 가까이 닿을 거리까지 다가가 수현은 정확히 머리를 겨눴다.

'세 놈.'

퍽!

오우거의 머리가 잘 익은 과일처럼 터져 나갔다. 놈이 채 팔을 뻗어서 막기도 전에 탄환이 꿰뚫고 지나간 것이다. 시간 가속이었다.

'네…….'

철컥—

재장전하는 사이 오우거가 전력을 다해 몸을 일으켰다. 그리고 수현을 후려쳤다.

그러나 이미 수현은 공격 범위에서 벗어난 상태였다.

'놈.'

퍽!

다크 엘프도, 인간도 수현을 멍하니 쳐다볼 뿐이었다. 원래 오우거의 방어는 한 번에 뚫는 게 힘들다. 여럿이서 모여 물량으로 밀거나 지구전을 각오해야 하나 잡을 수 있는 게 오우거였다.

보통 디버프 계열 초능력자를 모아서 놈에게 건 후, 꾸준히 피해를 누적시켜서 잡는다. 그게 정석이었다.

그러나 수현의 방법은 정석과는 거리가 멀었다. 막강한 한 발을 중심으로 순식간에 네 마리를 잡아버렸다.

"빠져나갈 준비해라. 작업을 마치고 빠져나간다."

"예!"

대답한 건 블루베어 대원들이 아닌 엉클 조 컴퍼니의 대원들이었다. 그들은 이제 수현이 입에서 드래곤 브레스를 뿜어도 놀라지 않을 정도의 침착성을 갖춘 상태였다.

'뭘 하려는 거지?'

케릭은 초능력 사용으로 피곤함에도 불구하고 수현이 남아서 하려는 것에 흥미가 갔다. 물론 지금 오우거 무리와는 거리가 있었지만, 놈들이 시체의 냄새를 맡는다면 저 정도 거리는 무의미했다.

"서강석, 빨리 움직여라. 여기서 오우거 만나고 싶지 않으면."

"……하고 있습니다!"

무리에 가까운 두 마리의 시체가 아닌, 그들 앞에서 죽은 두 마리의 시체. 수현은 재빨리 둘의 목을 잘라내고서 냄새를 숨겼다.

"됐다. 나머지는 묻어버려."

"오우거 시체를?!"

챙기면 금이나 다름없는 몬스터의 시체를 묻어버린다는 말에 경악해 있던 다크 엘프가 정신을 차렸다.

"나중에 꺼내든가. 지금 들고 움직이는 건 자살행위다. 루이릴, 이 머리를 던져 놓고 와라."

"으, 진짜!"

루이릴은 진저리를 내며 오우거 머리통을 짊어졌다.

죽은 상태지만 오우거의 머리는 여전히 섬뜩했다. 루이릴은 투덜거리면서 오우거의 머리를 들고 순간이동했다.

"놈의 머리는 왜 안 묻으신 겁니까?"

"화나게 만들어야지, 몬스터니까."

몬스터를 상대할 때에는 놈의 특성을 정확히 파악하는 게 중요했다.

의외로 많은 초능력자가 몬스터를 상대하는 요령이 부족했다. 초능력이 강력할 경우에는 더더욱 심했다. 힘으로만 밀어붙이면 끝나는데 굳이 요령을 배울 필요가 없으니까.

그러나 수현은 언제나 약자였고, 밑바닥에서 기어 올라온 사람이었다. 몬스터를 상대할 때 정면승부로 이긴 적이 별로 없었다.

"오우거는 원래 오만하고 거만한 놈들이다. 성질이 급하고 포악하고. 자기 힘이 강하다고 생각할수록 그런 경향이 더 심하지. 저 매사크라는 놈을 봐라. 살면서 적수 하나 없었을 거다. 다른 오우거와 급이 다른 놈이니 동족 내에서도 적이 없었겠지. 그런 놈이라면 거만함이 하늘을 찔러도 이상할 게 없어."

얼마 후 빈손으로 돌아온 루이릴이 질색을 하며 손을 박박 닦았다. 수현은 고생했다는 듯이 그녀의 어깨를 두드려 주었다.

"그러면 저 머리는……?"

"시간이 지나면 냄새가 나기 시작할 거다. 지금이야 약품을 뿌려서 냄새가 퍼지는 걸 막았지만 영구하지는 않으니까. 놈이 보면 좀 분노하겠지."

"……."

스콧은 긴장한 얼굴로 고개를 끄덕였다. 그들이 하는 모든 일은 언제나 기록이 되었다. 이후의 다른 팀이 움직일 때 도움이 될 수 있도록 기록에 남기는 것이다.

그런 면에서 수현의 방식은 얼마나 가치가 있는 건지 감이 오지 않을 정도였다.

지금의 방식에 몇 가지 정보가 들어 있는 것인가?

그러나 그런 생각은 짧게 지나갔다. 스콧은 곧바로 지금 하고 있는 일의 결과가 머릿속에 떠오르는 걸 느꼈다.

"잠깐, 놈의 화를 돋우는 건 좋은데……. 그건 확실히 잡을 수 있는 놈한테나 하는 거 아닙니까?"

"내가 말했지? 하기 전부터 실패할 걱정은 하지 말라고."

"오우거 네 마리를?"

"역시 마법사라는 게 거짓이 아니었군……."

"이거 좀 심각한 거 아닙니까?"

"무슨 말이지?"

"인간 중에서 저렇게 강한 놈이 나타났다는 것 말입니다. 인간이 강해져서 좋을 게 없잖습니까? 예전에는 신비한 힘을 가진 인간도 찾기 힘들었는데, 세월이 얼마나 지났다고, 벌써 놈들 중에서 마법사가 나왔습니다."

"그래서 어떻게 하겠다고?"

"어떻게 하겠다는 건 아니지만……. 경계를 해야 한다고 생각합니다. 이번 일이 끝난다면 인간들이 이쪽에 들어오게 되잖습니까."

"인간을 믿지 않는 것도 좋고, 경계하는 것도 좋은데 지금 상황을 봐라. 오우거 하나를 못 잡아서 일족이 전부 다른 곳으로 떠나게 될 지경이다. 그런 상황에서 경계를 해야 하나? 저 인간을 마법사로만 보지 마라. 절대 만만한 사람이 아니야. 거래 조건을 바꾸려고 했다면 절대로 받아들이지 않았을 거다."

"하지만 네펠의 말도 일리가 있습니다. 지금도 저렇게 강한데, 비약을 갖고 가면 얼마나 강해질지 상상도 안 가는군요. 어떻게든 막아야 하지 않겠습니까?"

"나는 반대다. 잘못 건드렸다가는 오우거보다 더 위험할 인간이야. 인간은 정면으로 맞서 싸워서 이길 수 없어. 놈들은 많고 우리는 적다. 놈들은 온갖 무기를 갖고 있지만 우리는 기껏해야 총이 전부야. 한 놈을 처리해도 열 놈이 몰려오지. 싸움이 정지된 건 우리가 강해서가 아니라 놈들의 이권과 규칙 때문이었다는 걸 기억해라."

"저도 셀리나 씨의 말에 동의합니다. 인간 상대로 무장 투쟁은 지나치게 비효율적입니다. 줄 건 주고, 받을 건 받는 관계로 가야 해요. 엘프들을 보세요."

"네가 그러고도 다크 엘프냐?!"

"그러는 네펠 씨는 오우거를 한 마리라도 잡으셨는지?"

"너, 너 이 자식……!"

"그만. 어쨌든 이미 거래는 끝났다. 이후의 인간을 어떻게 대하든 간에 이미 결정된 것에 대해서는 더 이상 이야기하지 말도록. 바꿀 수도 없는 것이니까."

부족장들 사이에서는 치열하게 의견이 오갔다.

예전부터 유지해 오던 방식을 추구하는 이들은 강경파에 속했다. 접근하는 이들을 모두 공격해서 몰아내자는 강경파.

그와 맞서는 건 다른 이종족들의 경우를 본보기 삼아서 적당한 거리를 두고 협력하는 관계로 가야 한다는 온건파였다.

강경파의 눈에 수현은 더 강해지면 정말 건드릴 수도 없는 괴물로 보였다. 그런 그에게 비약까지 건네준다면…….

"불만이 있는 사람들이 보입니다."

"다른 사람들도 그러니?"

"표현하지는 않지만 인간을 싫어하는 다크 엘프는 많으니까요."

"싸워본 적도 없는 놈들이 꼭 그러지."

셀리나는 한숨을 쉬며 고개를 저었다.

"저놈들도 멍청한 놈들은 아니니까 오우거가 저렇게 있는데 함부로 움직이지는 않을 거다. 그건 걱정하지 마라."

"그다음은요?"

"처리되고 나면? 그건 그때 걱정해야지. 네 역할이 크다, 자나로벨."

"솔직히 저도 그 인간한테 비약을 주는 건 반대하고 싶은데……."

"그건 나도 그래. 그렇지만 약속은 약속이지. 언제라도 우리를 죽일 수 있는 사람하고 한 약속은 더더욱 지켜야 한단다."

수현은 몰랐지만 직접 오우거의 위치를 확인하고 돌아온 다크 엘프는 나름 한 부족을 이끄는 장이었다. 부족장 회의에서 셀리나와 같이 걸어 나온 자나로벨은 수현의 모습을 떠올리며 진저리를 쳤다.

"나는 늙었고, 앞으로 인슈린을 이끌어 가는 건 너같이 젊은 다크 엘프들이겠지."

"언니가 왜 그런 남자랑 같이 다니는지 모르겠어요."

"그런 면에서는 아직 멀었구나."

"네?"

"아무것도 아니란다. 그러고 보니 샤이나와 이야기는 나눴니?"

"아뇨. 그 남자가 방해해서……."

"일이 끝나면 시간이 될 테니 걱정하지 말렴. 샤이나가 널 도와줬으면 했는데 말이지."

"다시 한번 설득해 봐야죠!"

"으음……. 글쎄……. 잘될 것 같지는 않은데……."

"네? 뭐라고 하셨어요?"

"아무것도 아니란다."

셀리나는 샤이나와 수현의 사이를 떠올렸다. 아무리 봐도 자나로벨이 붙잡는다고 해서 끊어질 것 같지는 않았다.

"갈잖게 떠드는군."

"뭐 해?"

"도청. 다크 엘프들이 역시 이런 건 좀 허술하단 말이지."

김동욱은 회의장 내에 설치된 도청 장치의 수신을 조절하며 수현에게 작게 속삭였다.

"문제 생기면 제 이름은 빼주세요."

"걱정 마. 안 들켜."

다크 엘프가 수현을 믿지 않는 것처럼 수현도 다크 엘프를 믿지 않았다. 언제든지 적대하면서 공격할 수 있는 이들을 신뢰하는 건 바보밖에 없었다.

'역시 징징대는 놈들이 나오는군.'

다크 엘프들을 하나로 묶어서 생각하면 안 됐다. 안에서도 의견이 무수하게 갈렸다. 워낙 인간 상대로 치열하게 싸운 이미지가 잡혀서 그렇지 인간과 나름 친하게 지내려는 다크 엘프들도 있었다.

─쿠아아아아앙!

지축을 뒤흔드는 울음소리. 분노가 섞인 울음소리였다. 매사크가 사체를 발견한 게 분명했다.

"놈이 움직입니다."

"내버려 둬. 화풀이 후 움직일 거다. 위치를 파악하고 그쪽에 대피 명령을 내리자고."

트윈헤드 오우거가 어디로 올지 몰랐기에 다들 겁먹은 표정이었지만 수현은 냉정했다.

'아직은 붙으면 안 되고……. 옆에 두 마리가 붙어 있군. 좋아. 북서쪽으로.'

"북서쪽으로 이동합니다!"

"대피 명령 내리고, 준비한 거 뿌려."

오우거도 다크 엘프들의 마을이 이 주변에 흩어져 있다는 걸 알고 있었다. 암컷이 죽은 이상 범인은 뻔했다. 분노한 오우거는 화풀이를 위해 돌진하기 시작했다.

쾅, 콰콰콰콰쾅!

"으아…… 살벌하군."

드론으로 야간 영상을 보던 대원 중 한 명이 숨을 삼켰다. 평소에는 그저 배부르게 먹고 쉬던 오우거가 이번에는 아예 마을을 뿌리째 뽑겠다는 것처럼 박살을 내고 있었다. 보이는 건 닥치는 대로 주먹을 휘둘러 부수고 들어서 던져 댔다.

그러나 놈과 달리 다른 두 암컷 오우거는 비교적 침착했다. 놈들은 돌아다니면서 먹이를 찾았다.

'암컷이 죽었을 때 저렇게 화를 내는 건 수컷뿐이지.'

다크 엘프들은 도망칠 때 먹이를 뿌렸지만, 거기에 수작을 부리지는 않았다. 어지간한 독은 뿌려봤자 오우거한테 통하지 않았기 때문이다. 괜한 수작을 부려서 오우거가 다른 곳으로 움직인다면 오히려 피해가 커졌다.

그렇기에 먹이를 먹는 오우거의 손길에는 자신감이 넘쳤다. 뭘 먹더라도 소화시킬 수 있다는 자신감.

"다섯."

진정한 강함은 두려움을 아는 데에서 나왔다.

수현은 먹이를 삼켜대는 오우거를 보고 중얼거렸다. 즉사는 시키지 못하겠지만…….

"방어를 깎기에는 충분하지."

오토바이를 언덕 위에 세운 수현은 침착하게 방아쇠를 당겼다. 독이 든 먹이를 먹은 오우거는 제대로 방어도 하지 못하고 쓰러졌다.

그리고 그 모습을 트윈헤드 오우거가 똑똑히 봤다. 바로 눈앞에서.

"놈이 그쪽으로 갑니다!!! 피하세요!!!!"

"알고 있어. 소리 지르지 마."

단독으로 행동하고 있는 수현은 모든 이의 간을 얼어붙게 만들었다.

트윈헤드 오우거는 직감으로 수현의 위치를 파악하고 달리기 시작했다. 이런 평지에서는 피할 수도 없었다.

그러나 수현은 천천히 조준할 뿐이었다.

"여섯."

이것으로 다른 방해물들은 모두 끝났다. 수현은 오토바이에 올라타고서 신호했다.

"지금부터 매사크 사냥에 들어간다. 모두 정해진 위치로."

"놈은 날 먼저 죽이려 들 거다. 괜히 앞에 나서서 시선 끌지 마라. 파워 아머라고 해봤자 놈이 붙잡으면 5초 안에 찢어지니까."

파워 아머에 탄 수현은 다른 파일럿들에게 그렇게 말했다. 물리적인 승부를 봐야 한다면 파워 아머가 필수적이었다. 오랜만에 앉은 콕핏의 승차감이 좋았다.

수현은 파워 아머 위로 따로 챙겨놓은 오우거의 피를 뿌렸다. 놈의 분노를 올리기 위해서였다.

"자, 와라!"

멀리서 거대한 덩치가 모습을 드러냈다. 두 개의 머리를 달고 있었지만 둘 다 똑같이 화가 끝까지 치민 모습이었다.

─공격!

초능력자들의 공격은 매서웠다. 블루베어 1팀과 2팀의 초능력자들이 연계하듯이 공격을 퍼부었다. 어두운 허공이 번쩍이며 일렁거렸다.

퍽!

그러나 그 공격은 한 번에 무산되었다. 오우거가 주먹을 휘두르자 마치 지우개라도 달린 것처럼 그 끝에 닿은 초능력이 사라진 것이다.

'아하…… 그렇게?'

수현은 부스터를 켜고 바로 앞으로 접근했다.

때려죽여도 시원찮을 놈이 접근하니 오우거의 눈에 불꽃

이 튀었다. 주먹이 파워 아머를 후려쳤다.

―……!

물리적으로 불가능한 기동이었다. 파워 아머가 허공에 떠 있는데 바로 착지해서 옆으로 돌다니. 있을 수 없는 걸 본 오우거가 분노한 와중에도 고개를 돌려 두리번거렸다.

'정신을 집중하자. 아차 하면 가는 거야.'

수현이 지금 가장 집중하고 있는 초능력은 시간을 다루는 능력이었다. 완벽하게 통제는 힘들었지만 다루는 도중 발견한 게 있었다.

가속이 스스로에게만 적용되는 게 아니라는 것을.

파워 아머에 탄 자신을 이미지화한다면 파워 아머까지 적용시킬 수 있었다. 깨문 입술에서 피가 흘러나오는 걸 느끼며 수현은 다시 한번 오우거의 공격을 피했다.

이렇게 아슬아슬한 싸움은 정말 오랜만이었다.

'빈틈!'

오우거의 옆구리가 드러났다. 수현이 타고 있는 파워 아머는 근접전용 세팅을 마친 상태였다. 염동력이 씌워진 검이 오우거의 옆구리를 쑤시고 들어갔다.

"……!"

그러나 검날이 부러졌다. 수현은 욕설과 함께 시간을 가속했다. 오우거가 방금까지 수현이 있었던 위치를 수직으로 내려찍었다. 공기가 떨리는 일격이었다.

'주먹 끝에만 실리는 게 아니었잖아? 젠장…….'

그나마 쏘아 보내는 형태가 아니라는 게 다행이었다. 다크 엘프들의 증언을 듣고서 그럴 거라 생각은 했었지만.

'그러면 몸에 닿는 걸 무효화시키는 건가.'

철컥거리는 소리와 함께 검날이 교체됐다. 오우거의 가죽과 근육은 현재 인류의 기술 한계를 뛰어넘은 강도를 갖고 있었다.

뒤에서 초능력 공격이 다시 들어왔다. 오우거는 이번에는 주먹도 휘두르지 않았다. 그러나 공격은 생채기도 남기지 못하고 사라졌다.

"……?"

빠르게 아물었지만, 수현은 느려진 시간 속에서 똑똑히 볼 수 있었다. 오우거의 무릎을 스치고 지나간 마탄이 상처를 남긴 것을.

저건 무효화되지 않았다.

'상시 발동형이 아니었군!'

파워 아머의 하단에 실린 기관포가 불을 뿜었다. 오우거는 팔을 앞으로 방패처럼 둘렀다.

수현은 빙그레 웃었다. 놈이 생각대로 움직여 주고 있었다.

41장
인슈린(3)

"지금이다. 막아."

다른 사람들은 수현이 지시한 대로 처음 공격 이후로 움직이지 않고 있었다.

괜히 오우거의 성질을 건드렸다가 놈이 다른 곳으로 움직이면 골치가 아파졌다. 지금이야 분노로 인해 수현만을 노리고 덤벼들고 있었지만, 놈이 조금만 더 머리를 쓴다면 훨씬 더 효과적으로 수현을 괴롭힐 수 있었다.

언덕 뒤에서 잠복하고 있던 파워 아머들이 허공으로 튀어오르고, 초능력자들이 다시 한번 공격을 개시했다. 대미지를 주기 위해서가 아니었다. 놈의 신경을 긁기 위해서였다.

―……!

그리고 오우거 밑의 땅이 사라졌다.

"후욱, 후우욱……."

케릭은 식은땀을 흘리며 팔을 뻗고 있었다. 한 번에 막대한 양의 초능력을 사용한 덕분에 탈진이 온 것이다.

다른 대원이 그를 부축하고 바로 초능력 보충제를 사용했다. 창백해진 케릭의 안색이 빠르게 회복되었다.

'대단하군. 역시 괜히 1팀의 팀장이 아니야.'

수현은 땅 밑으로 가라앉은 오우거를 보며 그렇게 생각했다. 케릭 정도 되는 초능력자는 흔히 볼 수 있는 게 아니었다. 게다가 성격까지 모범적인 용병. 블루베어가 잘나가는 이유를 다시 한번 느낄 수 있었다.

-크어엉!

'아차, 다른 생각을 할 때가 아니지.'

구덩이에 하반신이 가라앉은 꼴이 된 놈은 일단 팔로 상체를 가린 채 기다리고 있었다.

대몬스터용으로 만들어진 탄환도, 폭발하며 비산하는 초능력도 놈에게 유효한 대미지를 주지 못했다. 기껏해야 생채기 정도였다.

보면 볼수록 경이로운 놈이었다. 다크 엘프들이 싸움을 포기하고 도망을 고민하는 게 공감이 갈 정도로.

그러나 카메론에서의 삶은 언제나 상식 밖의 괴물과 싸우는 삶이었다.

'여기서 한 번 치고 뒤로 빠지면…….'

준비는 끝났다. 놈은 막강했지만 약점이 있었다. 수현은 이미 놈을 잡을 계획 수립을 끝낸 상태였다.

오우거는 영리했다. 초능력자들의 공격이 영원히 이어지지 않을 거라는 걸 잘 알고 있었다. 기세가 가라앉으면 바로 뛰어오를 게 분명했다.

수현은 놈을 도발하기 위해 염동력과 독공을 동시에 발동시켰다. 딱히 놈에게 대미지를 주기 위해서가 아니었다. 놈의 이목이 혹시나 다른 곳으로 튀지 않게 하기 위해서였다.

여기서 가장 위험한 건 수현이라는 인식을 줄 필요가 있었다.

'면적을 최대한 좁히고, 날카롭게.'

무효화에 막혀서 대미지를 입히지 못하더라도 위협은 충분히 가할 수 있었다.

'가라!'

초능력 독이 섞여서 불투명해진 원반 형태의 염동력 칼날이 날아갔다. 염동력과 독공을 동시에 넣은, 강력한 위력의 초능력이었다.

'사라지고 덤벼들겠지?'

푸슉!

오우거의 어깨가 갈라지고 피가 튀었다.

"……?!"

당한 오우거보다 때린 수현이 더 놀랐다. 놈은 어리둥절한 네 개의 눈으로 수현을 쳐다보고 있었다.

분명히 놈은 날아오는 공격을 감각으로 읽어내고 주먹으로 후려쳤다. 덕분에 궤도가 바뀌어서 어깨로 날아갔지만, 공격은 사라지지 않고 놈의 어깨를 갈라 버렸다.

놈의 어깨 주변이 푸른색으로 변하기 시작했다. 오우거는 불끈 주먹을 쥐었다. 그러자 순식간에 변하는 범위가 멈췄다. 수현은 헛웃음을 터뜨렸다. 그의 독을 저렇게 막아버리다니.

─크허엉!

'그런데 왜?'

긴박한 상황인데도 의문이 떠나지 않고 수현을 괴롭혔다. 분명히 저건 무효화로 막을 수 있는 상황이었다. 생각나는 건 하나밖에 없었다.

'초능력 결합 때문에?'

초능력 결합.

여러 개의 초능력을 합쳐서 사용하는 것.

흔히들 다양한 아티팩트를 들고 사용하거나 여러 초능력자가 힘을 합치면 결합이 가능하다고 착각했지만, 실질적으로 초능력 결합이 가능한 건 마법사뿐이었다.

다른 개인이나 다른 아티팩트를 백날 써봤자 그걸 동시에 합칠 수는 없었던 것이다. 그건 그냥 두 개의 초능력을 억지로 붙여놓은 것에 불과했다.

마법사가 주목받는 이유 중 하나가 초능력 결합이었다. 강력한 몬스터의 방어를 뚫으려면 위력이 필요했고, 초능력의 결합은 그 가능성 중 하나였다.

그러나 그 결합이 무효화에도 효과가 있을지는 몰랐다.

쾅!

수현이 고민하는 사이 오우거는 거리를 좁혔다.

수현은 혀를 차며 시간을 가속시켰다.

노리는 건 하나.

놈의 눈이었다.

'아무리 단단하더라도…….'

파워 아머가 빠르게 움직여도 그 덩치는 어디로 가지 않았다. 오우거는 재빨리 파워 아머의 몸통을 붙잡았다. 흉악한 미소가 두 개의 머리에 동시에 떠올랐다.

콰지직!

"팀장님!!"

상황을 모르는 대원들은 기겁해서 소리쳤다. 수현이 있는 콕핏을 오우거의 주먹이 뚫고 들어간 것이다.

그러나 이미 수현은 콕핏 위로 몸을 띄운 채였다. 양손 끝에는 거대한 파워 아머용 대검이 들려 있었다. 수현은 염동력으로 몸을 최대한 튕겨서 오우거의 얼굴로 돌진했다.

푹!

느려진 시간 속에서 수현의 공격이 놈의 오른쪽 눈을 정확히 관통했다.

"이것도 무효화시킬 수는 없겠지!"

놈의 눈에 닿는 순간 검에 실린 염동력은 사라졌지만, 수현은 계속해서 염동력으로 추진력을 만들어냈다. 대검이 오우거의 눈을 깊숙이 파고들어 갔다.

-크아아아아아아악!

생전 처음 느낀 고통에 오우거는 비명을 지르며 한쪽 얼굴을 붙잡으려 들었다. 수현은 허공으로 뛰어올라 놈의 머리를 타고서 뒤로 돌았다.

칼에는 합성 독이 발라져 있었다. 초능력 독이 아닌 이상 놈의 무효화로도 해결할 수 없을 것이다.

원래라면 이런 식으로 놈의 눈을 모두 공격해 천천히 숨통을 끊을 생각이었다. 그러나 방금 초능력 결합으로 생각이 바뀌었다.

허공에 불투명한 선이 그어졌다. 염동력과 독공이 결합된 일격이었다.

푸슛!

트윈헤드 오우거의 목 하나가 날아가고, 다른 목 하나가 깊숙이 베였다.

"오오오오!"

대원들은 탄성을 내질렀지만 수현은 이를 악물었다.

'X됐다!'

원래 두 개의 목을 동시에 그어버리려고 한 것이었다. 초근거리에 놈의 눈이 관통당한 상황이니 무효화도 강하게 할 수 없으리라고 생각한 것이다.

그러나 놈은 견뎌냈다. 머리 하나가 남아 있다면 놈은 움직일 수 있을 것이다. 몬스터의 생명력은 상식을 초월했다.

소모 때문에 바로 시간 가속을 쓸 수 없는 상황.

수현은 한 대 맞고 회복할 각오를 했다. 놈의 공격은 강력했지만 즉사할 정도는 아니었다.

남은 염동력으로 시간을 번다면…….

덜렁거리는 가죽 사이에서 뿜어 나오던 피가 멈췄다. 반쯤 죽어가는 상태인데도 오우거의 눈빛은 뜨거웠다. 멀쩡한 한쪽 눈으로 허공에 떠 있는 수현을 노려보며 놈은 포효했다.

"어, 저거…….."

원래 말했던 것과 상황이 다르게 돌아가자 뭔가 심상치 않다는 걸 깨달은 엉클 조 컴퍼니 대원들이 움직였다.

"날려 보내! 지금 당장!"

"······?!"

"가자!"

김창식은 구중철의 뒷덜미를 잡고 다른 초능력자의 도움을 받아 튕겨 올랐다. 구중철은 당황한 상황에서도 그가 뭘 해야 할지 이해했다.

'강체화!'

"이 자식! 여기를 봐라!"

김창식은 길게 심호흡하고 전력을 다해 초능력을 뿜어댔다.

"드래곤 브레스?!"

블루베어 대원 중 한 명이 경악해서 소리쳤다.

영상에서 본 드래곤 브레스. 김창식이 사용한 초능력은 드래곤 브레스라고 착각할 정도로 거대하고 강렬한 화염이었다.

그리고 그건 오우거한테도 마찬가지였다. 수현을 바로 후려쳐서 으깨려던 놈은 그 불길에 저도 모르게 몸을 뒤로 뺐다. 원래라면 무효화를 믿고 덤볐을 놈이었지만, 수현이 넣은 공격 때문에 겁을 먹은 것이다.

"야, 이 멍청한 자식아! 강체화는 아무 의미가 없는데······!"

수현은 욕설을 내뱉으며 자기 앞에 날아온 구중철을 붙잡았다. 김창식이 시간을 벌어준 덕분에 다시 한번 거리를 벌릴 수 있었다.

그러나 구중철을 보낸 건 멍청한 짓이었다. 무효화가 가능한 놈 앞에 구중철 같은 육체 강화는 아무런 의미가 없었다.

"아차!"

"그래도 잘했다!"

다시 한번 머리 위로 올라가 떨어지며 수현은 전력을 다해 힘을 짜냈다.

목표는 상처가 난 오우거의 목.

놈은 불길 속에서 수현이 자기 위로 올라간 걸 깨닫고 당황해서 목을 막으려고 들었다.

그러나 수현이 빨랐다.

촤!

놈의 팔이 힘없이 떨어져 내렸다. 두 번째의 머리통이 땅바닥에 부딪혔다. 그리고 수현도 동시에 땅에 착지했다.

털썩-

놈의 숨통이 끊긴 것을 확인하자마자 수현은 드러누웠다. 초능력 소모가 너무 심해서 속이 울렁거렸다.

'강화 시술을 안 받았으면 죽었겠군.'

"괜찮아?!"

"넌 이게 괜찮아 보이냐? 내버려 둬. 시간이 지나면 회복될 테니까."

그러나 제니퍼는 아랑곳하지 않고 품속에서 무언가를 꺼내 수현에게 먹였다. 소모된 힘이 빠르게 회복되는 걸 느끼자 수현은 눈을 크게 떴다. 이건 분명⋯⋯.

"이건?"

"우리 쪽 신기술이야. 어때?"

"지금 이런 걸 일이 다 끝나고 알려줬다고?"

"⋯⋯."

격렬한 전투가 끝났는데도 대원들은 한동안 움직이지 않았다. 처리할 게 많아서였다. 박살 난 파워 아머부터 시작해서 오우거의 사체를 정리하는 동안, 수현은 거의 원래 상태로 몸을 회복시키고 있었다.

'초능력 결합⋯⋯. 그래, 너무 시간 능력에만 신경을 쓰고 있었군. 나한테는 마도서도 있었는데.'

수현은 염동력이 있었기에 다른 잡다한 초능력에는 관심을 가지지 않고 있었다.

화염 계열이나 빙결 계열, 에너지 계열 초능력도 쓸 만한 초능력이었지만 수현은 군이 필요성을 느끼지 못했던 것이다.

그러나 초능력끼리 결합시키는 걸 생각해 본다면…….

모을 가치가 충분히 있었다.

"아니, 일부러 말 안 한 게 아니라……. 그리고 그거 없이도 잡을 수 있다고 해서 필요성을 못 느낀 거였어! 진짜야! 그리고 개발 끝난 지도 얼마 되지 않았다고!"

"알겠으니까 진정해."

횡설수설하려는 제니퍼를 막고서 수현은 죽은 오우거에게 다가갔다. 그 위협적이었던 덩치도 죽고 나니 그저 짐밖에 되지 않았다.

놈의 사체는 분리되어서 하나도 빼놓지 않고 포장될 것이다. 돌연변이 오우거라면 연구할 거리가 넘쳐 났다.

멀리서 먼지가 일었다. 오토바이를 탄 다크 엘프들이 오고 있었다. 그들은 한눈에 트윈헤드 오우거의 사체를 알아봤다.

"정말로……. 잡았군……!"

"놀라는 건 나중에 하고, 약속부터 지키지. 비약, 어디 있나?"

다크 엘프들은 무의식적으로 자세를 바로 했다. 수현이 한 것에 대한 존경심 때문이었다. 인간이라는 것에 대한 적개심보다도 무력에 대한 경외심이 앞섰다.

"……따라와라."

"그런데 그 비약, 완성되려면 아직 시간이 많이 남았잖아. 어떻게 하려고?"

"음, 몇 가지 생각하고 있는 게 있기는 한데……. 일단 받고서 생각하자고."

다크 엘프들이 모여서 웅성거리는 것과 별개로, 수현은 부족장들에게 바로 비약을 내놓을 것을 요청했다. 이미 도청으로 이들이 호의적이지 않다는 걸 알고 있었기에 시간을 끌생각이 없었다.

'괜히 빼돌리거나 하면 귀찮아지지.'

"정말 대단하군. 놈을 잡다니. 인간이 강하다고는 들었는데 이렇게 강할 줄은 몰랐어."

"……?"

자리에 앉은 대원들에게 말하는 다크 엘프를 본 수현이 어이가 없다는 듯이 고개를 갸웃거렸다. 분명 저놈은 인간에게 힘을 빌릴 수 없다고 하던 강경파 놈이었는데?

"앉아서 기다리게. 곧 비약을 들고 오지."

기다란 탁자 위에는 다크 엘프식 도기와 차가 놓여 있었다. 다크 엘프들이 따라주자 대원 중 몇몇은 아무런 생각 없이 차를 집어서 마셨다.

"잠깐……."

수현이 말리기도 전에, 그들은 차를 삼켜 버렸다. 수현은 독공으로 주변의 독을 탐지했다. 설마 싶었는데, 차에 독이 들어 있었다.

"왜 그러나? 자네도 마시지 않고. 내가 직접 따라 주지."

"이런 개새끼가 미쳤나!"

오우거와 목숨을 건 싸움으로 인한 피곤함 때문에 수현의 성질이 폭발했다.

수현은 찻주전자를 들고 그대로 놈의 대가리를 후려갈겼다. 도기가 요란하게 깨지는 소리와 함께 다크 엘프가 옆으로 나뒹굴었다.

"뭐……."

"이 자식들, 긴장 안 해? 내가 밖에 있을 때는 의심부터 하라고 했지? 준다고 넙죽넙죽 마셔?"

수현의 말에 상황을 깨달은 대원들이 자리에서 벌떡 일어섰다.

"뭡니까?!"

"뭐긴 뭐겠어, 이 자식아. 독이지!"

"용, 용케 알아챘군! 이미 늦었다! 네 동료들의 목숨을 살리고 싶으면 당장 멈……."

수현은 놈의 얼굴을 걷어찼다.

"독을 다룰 줄 아는 게 이 카메론에서 너만 있는 줄 아나?"

"멈춰라! 부족장님한테서 손 떼!"

밖에 있던 다크 엘프들이 들어왔다. 그들 중 한 명은 향로를 들고 있었다.

"이걸 맡으면 독이 즉발한다. 손을 떼지 않으면 향을 뿌리겠다!"

"해봐."

"뭐라고?"

"해보라고."

수현은 이를 갈면서 앞으로 걸어갔다.

강경파가 신경 쓰여서 꼬투리를 잡아 처리하려고 했는데, 아주 잘됐다. 이렇게 알아서 덤벼오다니.

"어, 그게……. 거기서 그러면……."

수현의 기세에 눌린 다크 엘프 하나가 뒷걸음질 쳤다. 원래 이런 식의 계획이 아니었다.

독으로 이 자리에 있는 용병들을 제압한 다음, 바깥에 있는 다른 용병들도 불러서 마찬가지 방식으로 제압하기로 했던 것이다.

그런데 일은 틀어지고 지시한 부족장은 수현한테 언어맞아서 바닥에서 꿈틀거리고 있었다.

덜컥—

"야!"

향로를 떨어뜨리자 옆에 있던 다크 엘프가 기겁했다. 지금 떨어뜨리면…….

"후, 이 모자란 놈들."

향이 퍼졌지만 별다른 의미는 없었다. 수현이 독공을 시전해 주변의 독을 사전에 차단해 버린 것이다. 도망치려는 다크 엘프를 앞으로 끌어당긴 후, 수현은 둘의 목을 붙잡았다.

"그래서, 뭐 어쩌시겠다고?"

"컥, 커헉……."

쾅!

다크 엘프를 집어 던지고 수현은 문을 박차고 나섰다. 블루베어 팀은 그들이 비약을 받아 나오는 동안 밖에서 대기하고 있다고 했었다.

원견으로 확인하니 다행히 아직 아무것도 모르는 것 같았다.

"지금 당장 안으로 들어와라."

"무슨 일입니까?"

수현의 갑작스러운 신호에 스콧이 당황해서 물었다.

"다크 엘프가 차에 독을 풀었다."

"……!"

부족장 네펠을 따르는 다크 엘프들은 나름 숫자가 있는 전력이었지만, 수현이 끌고 온 전력과 비교한다면 거인과 어린아이의 싸움이었다.

제대로 짜증이 치민 수현은 무기를 들고 덤비는 시늉만 해도 가차 없이 제압했다.

"모두 엎드려라! 고개 들고 서 있는 놈은 적으로 간주하겠다!"

멱살을 잡힌 다크 엘프를 한 대 더 후려갈기고 수현은 이동했다.

"무슨 일이야?!"

갑작스러운 상황에 당황해서 달려온 블루베어 팀원들보다 더 당황한 건 다른 다크 엘프들이었다.

오우거를 처리했다는 기쁜 소식에 사람들을 부르고 확인하고 있었는데 갑자기 안쪽에서 소란이 일어난 것이다.

셀리나가 당황한 목소리로 자나로벨을 불렀다.

"어떻게 된 거야? 왜?"

"네펠이 사고를 쳤어요!"

"……?!"

골칫거리인 오우거가 처리되었으니 지금이 기회라고 본

게 분명했다. 셀리나는 듣자마자 무슨 상황이 벌어졌는지 깨달았다.

그녀가 과격파들을 조금 더 감시했어야 했다. 설마 일이 해결되자마자 이렇게 사고를 치다니……!

'이런 멍청한 놈들!'

상대가 약해져 있을 때 쳐라.

언제나 통하는 상식이었다. 그들도 분명 그렇게 생각했을 것이다. 인간들은 오우거와 싸우느라 지치고 흥분했으니 지금이 기회라고.

셀리나도 예전에는 호전적인 다크 엘프였으니 그들의 생각이 손에 잡힐 듯이 보였다.

그러나 때때로는 상식이 통하지 않는 이들이 있었다.

"당장 들어가서 말려!"

"네? 제가요?"

자나로벨은 어이가 없다는 듯이 되물었다. 저 멀리서 허공으로 초능력으로 만들어진 에너지 광선이 솟구쳤다. 다크 엘프 중 하나가 에너지 샷 초능력을 쓴 걸 수현이 통째로 날려버린 것이다.

"저 난장판에요?"

"……가서 샤이나한테 말해봐."

미친놈처럼 날뛰고는 있었지만 정말로 미친 건 아니었다. 수현은 다 계산하면서 행동하고 있었다. 어차피 다크 엘프들과 영원히 척을 질 게 아니라면 선을 그어둬야 했다.

밑에서 꿈틀거리는 다크 엘프를 다시 한번 걷어차고서 수현은 의자에 앉았다. 멀리서 양손을 들어 올리고 걸어오는 다크 엘프가 보이자 수현은 대원들에게 무기를 내리라고 신호했다.

"할 말이 있나?"

"셀리나 씨가 하실 말씀이 있다고······."

"그 전에 할 말이 있을 텐데."

"저희 쪽 부족장이 실수한 것에 대해 사과드리겠습니다."

"좋아, 받아주지."

"······?"

"왜, 받아줘도 불만인가?"

"아, 아니, 그게 아니라······."

원래 수현을 그다지 좋아하지 않았지만 이런 상황에서는 뻗댈 수 없었다.

자나로벨은 속으로 욕을 하며 고개를 숙였다. 하필이면 샤이나 앞에서 이런 꼴을 보여야 한다니.

"한 놈이 한 걸 모두에게 책임을 물릴 생각은 없다. 어디에나 미친놈은 있는 법이지. 대신…… 뒤처리는 확실하게 해야겠지. 설마 그냥 넘어가지는 않겠지?"

다크 엘프들의 재판은 인간들의 법정처럼 체계적이고 인권을 지키면서 진행되지 않았다. 대부분이 힘의 논리로 결정이 되었고 당사자들의 이권에 따라 움직였다.

오우거를 처리한 인간들이 눈을 시퍼렇게 뜨고 바깥에 있는데 습격한 다크 엘프들을 변호할 정도로 간 큰 이들은 없었다. 그건 전면전을 하자는 것과 마찬가지였다.

"처형에 찬성합니다."

"처형에 한 표 던지겠습니다."

"처형은 조금 그렇고…… 무기형으로…….''

"처형."

한 시간도 되지 않아 처분이 결정되었다. 원래라면 반대하는 이들과 귀찮은 싸움을 했어야 했지만, 반대하는 이들은 지금 전부 쓰러져서 일어서지도 못하고 있었다.

"처형으로 결정한다."

회의장에서 그런 대화가 진행되고 있는 동안, 수현은 밖에서 건네받은 비약을 세심하게 보고 있었다. 에메랄드빛 녹색 유리병에 담긴 액체. 컵으로 따르면 한 잔도 안 될 이 액체를 구하려고 그 고생을 했다고 생각하니 어이가 없어졌다.

'이거 설마 가짜는 아니겠지?'

다크 엘프들이 목이 두 개가 아닌 이상에야 그런 짓을 하지는 않았을 것이다. 문제는 완성되려면 시간이 더 남아 있다는 것이었다.

'시간 가속으로 할 수 있을까?'

처음에는 스스로에게만, 그 이후에는 파워 아머까지 적용시키는 데 성공했지만 이건 결국 자기 자신이라는 이미지가 있어서 가능했다. 파워 아머도 일단 타고 있으면 자기 자신이라는 이미지가 강한 것이다.

그에 비해 이 약병에만 적용시키는 건 다른 문제였다.

'실수로 같이 늙어버린다면 그것만큼 웃기는 일도 없을 텐데……'

"싫다니까?!"

"어째서!"

"그걸 몰라서 물어?!"

"……?"

수현은 고개를 들어 앞을 바라보았다. 자나로벨이 샤이나의 손목을 잡고 어딘가로 끌고 가려고 하고 있었다.

"둘이 뭐 하냐?"

"어, 으, 포기할 생각 없으니까!"

"저게 어디서 자기 할 말만 하고서……"

수현을 보자 자나로벨은 도망가 버렸다. 할 말만 하고 도망치는 그녀를 보며 수현은 어이가 없다는 듯이 중얼거렸다.

"뭐야? 귀찮게 굴어? 처리해 줄까?"

"아니, 그 정도는 아니야. 가족 문제."

"아, 그러고 보니 가족들과 만나야 한다고 하지 않았었나?"

수현의 말을 듣자 샤이나의 표정이 눈에 띌 정도로 어두워졌다.

"그렇게 만나기 싫어? 그러면 그냥 만나지 말고 떠나자고."

"아니, 싫은 건 아닌데……. 만나면 또 예전 이야기를 할 테고, 그러면 또 싸울 테고……."

"예전 이야기라니, 무슨?"

"으으으……."

"말하기 힘든 거면 말 안 해도 되는데."

"아냐, 그런 건 아니고!"

샤이나는 머리카락을 헝클어뜨리며 신음했다. 정말 고민이 되는 것 같았다.

"으, 그러니까, 우리 가문이, 원래 역사가 깊었는데 최근에 사람이 많이 줄었거든. 그러니까 발언권도 마찬가지로 약해졌고."

"어."

그런 건 짐작하고 있었다. 셀리나가 보여준 부족 내에서의 위치는 아무렇게나 나오는 게 아니었으니까.

"그래서 내 부모님은 혼인으로 위치를 강화하려고 했어."

"정략결혼?"

"그 비슷한 거야."

"나올 만했네."

"그것도 그렇고, 가문의 후계자로 책임감을 가지라느니, 온갖 부담이란 부담은 다 주고 사람을 괴롭혀 댔거든. 가문에 젊은 사람이 별로 없고 후계자감도 없으니까……. 지금 가면 또 시작하겠지!"

"별걸로 다 고민하는군. 그냥 당당하게 가지?"

"가족 앞에서는 어쩔 수가 없단 말이야."

"가족을 두들겨 팰 수는 없으니 다른 방식으로 가자고."

"……?"

"네 결혼 상대를 두들겨 패. 설마 그러는데도 계속 결혼하라고 하지는 않겠지."

"그, 그런 짓을 어떻게 해!"

"왜 못 해? 쉬워. 원래 억지로 뭐 시키려고 하는 사람 앞에서는 그냥 깽판을 치는 게 효과적이라고."

"자나로벨이 성질이 급하긴 한데 그렇다고 해서 때리면 안 되지!"

"……?"

수현은 이해가 가지 않아 고개를 갸웃거렸다.

"자나로벨?"

"응, 자나로벨."

"아까 그 다크 엘프?"

"응.

"걔가 왜 지금 여기서 나오지?"

"왜 나오냐니. 이야기 당사자잖아."

"어?"

자나로벨은 여자 다크 엘프였다. 수현의 눈이 삐지 않았다면 그건 분명했다.

"지금 네 결혼 상대 이야기하고 있지 않았나?"

"자나로벨이 그 상대인데……."

"여자 다크 엘프 아닌가? 아……."

수현은 그제야 깨달았다.

샤이나는 떨떠름한 표정으로 말했다.

"다크 엘프들 사이에서는 종종 동성 결혼도 해. 몰랐어?"

"그걸 내가 어떻게 알아?"

"아니, 다른 건 별 사소한 것도 다 알고 있었으면서……."

수현이 다크 엘프에 대해 자세히 알고 있는 건, 사냥꾼이 사냥감에 대해 자세히 알고 있는 것과 비슷했다. 사냥에 필요한 정보만을 머리에 넣어두는 것이다. 저런 것까지 알 리는 없었다.

"잠깐, 자식은?"

"다른 친척 쪽에서 양자로 데려오면 끝나는 문제니까. 자나로벨 가문은 괜찮은 가문이거든. 실제로 걔는 벌써 부족장으로 일하고 있잖아."

수현은 자나로벨이 그에게 보여주던 눈빛을 떠올렸다.

어딘가 적대적인 눈빛은 그래서였나.

"걔는 내가 좋다지만 나는 그런 성향이 아니란 말이야!"

"그래서 못 패겠다고?"

"어떻게 패! 내가 좋다고 하는 애를."

"그러면 뭐, 알아서 해."

돌아서려는 수현의 팔을 샤이나가 붙잡았다. 그녀는 어울리지 않게 어색한 웃음을 흘리면서 말했다.

"도와줄 거지?"

"……."

＊

수현이 샤이나와 같이 들어서자 앉아 있던 다크 엘프들은 미묘한 표정으로 그를 쳐다보았다. 어떤 감정인지 읽기 힘든 표정이었다.

'적개심인가?'

수현은 그렇게 생각하며 그들의 감정을 읽으려 들었다. 그들이 좋지 않은 감정을 보인다고 해도 이해가 가지 않는 건 아니었다. 오우거를 잡아줬다고는 해도, 인간은 그들의 오랜 숙적이었고 수현은 안에서 한 번 크게 소란을 일으켰다.

게다가 샤이나를 데리고 다니는 게 그 아닌가. 괜한 미움을 받아도 이상할 게 없었다.

오기 전에 샤이나는 간절하게 부탁했다.

"나 대신 말 좀 해줘!"

"내가 그 짓을 왜 해야 해?"

"이번에 들어오는 돈 안 받을게!"

"……."

"그, 그럼 다음까지!"

"돈은 됐고……. 그냥 직접 말하라니까."

"가족한테는 그럴 수가 없단 말야! 그냥 대신 말 좀 해줘."

한마디로 악역을 맡아달라는 뜻이었다. 수현은 그런 식으로 미움을 받는 건 전혀 신경 쓰지 않았다. 이제까지 같이 일해온 샤이나를 위해 그 정도는 해줄 수 있었다.

"이 인간이 그 인간인가? 인간 마법사?"

"네."

"오우거를 잡고?"

"네."

샤이나는 고양이 앞의 쥐처럼 기가 죽어서 고개를 푹 숙이고 있었다. 한눈에 봐도 나이가 있어 보이는 다크 엘프들이 눈을 깜박거리며 수현을 쳐다보았다.

'흠, 무슨 욕을 해야 효과적일까.'

수현은 어떻게 깽판을 쳐야 앞으로 이렇게 부르는 일이 없을지 생각에 잠겼다. 분위기를 망치는 것에는 일가견이 있었다. 그가 그런 생각을 하는지도 모르고, 다크 엘프들은 그들끼리 수군거렸다.

"뭐, 저 정도면……."

"괜찮죠. 무엇보다 씨를 기대할 수 있잖아요? 자나로벨은 그런 걸 못 기대하잖아요. 양자보다는 역시 진짜 자식이 좋죠."

"꿩 대신 닭, 아니, 오히려 닭 대신 꿩인 셈인가?"

"마법사의 씨라니, 벌써부터 기대되는군요."

"……?"

귀를 쫑긋거리던 샤이나는 분위기가 이상하게 흘러가자 당황해서 수현을 쳐다보았다. 수현이 알아차리고 반응을 해 줄 줄 알았는데, 수현은 다른 생각에 잠겨 있는지 반응을 하지 않았다.

"야, 야, 야!"

"응? 왜?"

"지금 말하는 거 안 들려?"

"아, 미안. 안 듣고 있었어. 뭐 들을 필요 있는 말이었나?"

"그래서."

둘의 대화를 다크 엘프 남성이 끊었다. 그는 흡족한 표정을 지으며 콧수염을 만지작거렸다.

"식은 언제 올릴 건가?"

"뭐?"

수현은 사람을 앞에 두고 다른 생각을 하면 안 된다는 걸 뼈저리게 느꼈다.

시끄럽게 떠드는 다크 엘프들의 말을 다 듣고 나서야 수현은 이들이 무슨 소리를 하는지 알 수 있었다.

"무슨 소리 하는 거야! 수현하고는 그런 사이 아냐! 그냥 동료라고!"

"동료에서 연인이 되고 연인에서 부부가 되는 거지. 나도 네 아버지와 그랬단다."

"당신도 참. 흠흠."

"……."

다크 엘프들이 상상치도 못한 모습들을 보여주자 수현은 오랜만에 당황스러움을 느꼈다. 다크 엘프는 지형지물에 숨어서 인간을 습격하고 공격하는 이들이었지, 이렇게 화기애애한 모습을 보여주는 이들이 아니었다.

to be continued